鳴響雪松 6　Родовая книга

家族之書

目次

1 是誰撫養我們的孩子？

私人診所的診間門上掛著一個大門牌，讓人知道這裡是由兒童心理醫師看診。門牌寫著醫生的全名，很多人跟我推薦，說他是權威，專門解決親子問題。我預約當天最後一個看診時段，不希望我和他的時間受到限制。如果有幫助的話，我準備另外付他超時費用，以便能繼續對我很重要的談話。

診間的桌前坐著一位已屆退休年齡卻愁容滿面的醫生，無精打采地拿起寫滿的紙張放進文件夾。他請我坐下，拿出一張乾淨的紙，對我說：

「說吧，有什麼問題？」

我不想長篇大論地從在泰加林遇見阿納絲塔夏說起，所以盡可能將問題的核心簡化：

「亞歷山大醫生，我必須和孩子建立關係，我的兒子快五歲了。」

「您覺得您和孩子沒有互動嗎？」心理醫師疲憊而冷淡地問。

「至今沒有任何有意義的交流，打從他出生起，我和他幾乎沒什麼互動。我只在他還是嬰兒時看過他一次，然後就……我和他從沒講過話，他大概也沒想過有我這個父親。我們一直分居，但最近我有機會見到我五歲的兒子、和他聊天。您應該有方法讓孩子對我有好感吧？就像男人娶了單親媽媽，想跟繼子認識，成為他的爸爸、他的朋友。」

「當然有方法，但不保證有效，親子互動的很多面向會因人和個性而異。」

「我明白，但我仍想知道一些具體的方法。」

「具體的方法啊……嗯……進入一個家庭，務必記住——即使帶著孩子的單親媽媽也算家庭，盡量避免干涉他們原有的生活。您的兒子會有一段時間把您當成陌生人，這是您必須接受的事實。一開始，您應先觀察一切情況，也讓他們觀察您。您可以試著瞭解一下孩子沒能達成的願望或夢想，向媽媽詢問孩子想要什麼玩具，卻沒有辦法買給他。但別自己去買玩具，先和孩子聊聊自己的童年和玩具，告訴他自己也曾想要玩具。如果他跟您搭上話，說也想要一樣的玩具，就可以提議和他一起去商店買他想要的玩具。重點在於對話和一起去買的過程，孩子要把願望託負給您，讓您有機會與他一起實現。」

「玩具這個方法不太適合我，我的兒子從沒看過商店賣的玩具。」

「那就怪了，您說不適合嗎？老兄，那您得據實以告。如果您想聽到對您有幫助的建議，就得多說說您和孩子母親的關係。她是誰？在哪裡工作？住在哪裡？她家的經濟狀況如何？還有您認為你們兩個為什麼分開？」

我知道想從心理醫師那兒獲得更具體的建議，就必須和他說我與阿納絲塔夏的關係。但這連我自己都不太明白了，要怎麼向心理醫師說明呢？我決定不指名道姓：

「她住在非常偏僻的西伯利亞地區，我是在一次商旅時與她巧遇。經濟重建初期，我一直在西伯利亞做生意，商船把不同的貨物載到鄂畢河上游，然後把漁獲、皮草和野生植物帶回來。」

「瞭解，就像帕拉托夫[1]那樣，這位商人在西伯利亞河域的艷遇讓人稱羨。」

「沒有艷遇，只有工作，企業家滿腦子只有工作。」

「工作狂沒錯，但你們企業家不是也會找樂子嗎？」

1　帕拉托夫（Sergei Paratov），十九世紀戲劇《沒有嫁妝的姑娘》（*Without a Dowry*）的男主角，欺騙女主角拉莉莎的感情後悔婚。

「我和這名女子完全不是找樂子，我想和她有一個兒子。我以前就想要兒子，後來卻忘記這個願望，這樣過了好幾年……但一見到她……她的外表健康又年輕貌美……現在幾乎所有女性都病懨懨、有點虛弱，而她健康又神采奕奕。我於是暗忖，與她生的小孩一定也會漂漂亮亮、健健康康。她為我生了一個兒子，兒子年幼還不會走路和講話時，我探望過他一次，還把他抱在手上，但之後就再也沒看過他了。」

「為什麼不去看他？」

我要怎麼跟這個人簡短地描述我花了幾本書才寫完的所有事情？我要怎麼跟他說，阿納絲塔夏不願離開泰加林的林間空地、把孩子帶到城市生活，而我也無法適應泰加林的生活？而且就是她不讓我跟孩子互動，更別說是送他常見的玩具了。我每年夏天都會回到西伯利亞泰加林，走到阿納絲塔夏和兒子生活的林間空地，但從未像第一次那樣見過兒子。在無邊無際的西伯利亞泰加林深處，他每次都不在阿納絲塔夏的身邊，而是在她附近的祖父或曾祖父住處那邊。阿納絲塔夏不願帶我去看他們，每次都堅持我必須做好準備，才能與孩子溝通。

為了深入瞭解孩子的撫養，我向很多朋友問過一個非常簡單的問題，但每次都會引起對方的誤會或困惑：「你跟孩子認真講過話嗎？」

我最後發現，他們和孩子對話的話題大同小異，像是來吃飯了、該睡覺了、不要胡鬧、把玩具收好、功課做完沒。

孩子長大上學後，很多家長不去談論生命的意義、人類的使命，甚至未來的志向這種簡單的問題都沒有。他們不是沒有時間，就是認為不值一提。他們或許認為還不是時候，以後還有機會談到。但他們沒有等到機會，孩子就已長大成人……

如果我們自己都不能跟孩子認真講話，那撫養他們的人到底是誰？

這些年來，為什麼阿納絲塔夏不讓我和親生兒子溝通？不知道她是害怕，還是想避免什麼。

某天，她突然問我：「弗拉狄米爾，你覺得自己準備好和兒子見面、溝通了嗎？」我回答當然想見，卻怎樣也說不出「準備好了」這四個字。

這些年來，我一直在找親子關係的書，雖然寫了幾本書，又到世界各國的見面會演講，卻幾乎什麼都寫不出來，也講不出自己這幾年最感興趣又最重要的主題——撫養小孩，以及上一代與孩子的關係。

我不斷思索育兒書籍的各種建議，但每次都會想到阿納絲塔夏所說的話：「撫養小孩，

就等於在撫養自己。」我一直無法完全理解這句話的意思，但後來終於做出一個肯定的結論：教育孩子的不是父母的告誡，不是幼稚園、中小學和大學，而是生活方式：**我們的生活方式、社會整體的生活方式。無論父母、學校老師或任何教育機構是否教過，無論社會有什麼聰明的教育體制，孩子都是跟著身邊多數人的生活方式成長。**

換句話說，撫養小孩完全取決於你的世界觀、生活的方式，以及你的父母和整體社會如何生活。一個病態而不幸福的社會，只會養出病態而不幸福的孩子。

「如果您不仔細描述您和孩子母親的關係，我很難給您實際的建議。」心理醫師打破一陣沉默。

「說來話長，簡單來講，我和兒子好幾年沒講話了，就是這樣。」

「很好，那請您告訴我，這些年來，您給過孩子母親財力援助嗎？我認為對企業家而言，給錢應該是關心家人最簡單的方式吧。」

「沒有，她自認不虞匱乏。」

「難道她很有錢嗎？」

「應該說她什麼都有。」

亞歷山大醫生猛然從桌前起身，匆匆地說：

「她住在西伯利亞泰加林，過著隱居般的生活，她叫阿納絲塔夏，您的兒子是瓦洛佳，而您就是弗拉狄米爾先生。我認得您，我讀過您的書，還不只一次。」

「嗯……」

亞歷山大醫生開始興奮地在診間來回走動，然後再度開口：

「那……那……所以我說對了？我猜出來了！可以請您回答我一個問題嗎？我需要答案！這對我來說很重要，對科學來說也……等等，先別回答，我自己說好了。我開始明白……我相信您和阿納絲塔夏相遇的這些年來，您一直鑽研心理學和哲學，不斷思考撫養小孩的問題，是嗎？」

「是的。」

「但您似乎不滿意這些『學術』書籍和文章的結論，所以開始從自身尋找答案，也就是說，開始反思下一代、思考育兒的問題。」

「應該吧，但主要是針對我的兒子。」

「兩者密切相關。您因為絕望而來找我，不期望您的問題可以獲得解答。如果我無法給您答案，您還會繼續找。」

「或許吧。」

「唔……太不可思議了！我要跟您介紹一個比我厲害、聰明百倍的人。」

「這個人是誰？我要怎麼跟他見面？」

「這個人就是您的阿納絲塔夏，弗拉狄米爾先生。」

「阿納絲塔夏？但她最近很少談到撫養小孩，而且就是她不讓我和兒子溝通。」

「是的，就是她。我至今對她的決定仍找不到合理的解釋，她的行為異於常人。一個慈愛的母親突然與即將成為人父的您說，您不能和兒子講話。這種狀況有違常理、前所未見，但是結果……結果令人訝異！畢竟她成功讓……不，這樣說不好。阿納絲塔夏成功吸引……該怎麼說您呢？恕我直言，她成功讓教育程度不高的企業家對心理學、哲學和撫養小孩感興趣。您這些年來都在思考這些問題，這從您來找我諮詢就能證明。她幾年下來獨自教育兒子，但同時也在教育您，讓您為父子溝通做好準備。」

「她的確獨自教育兒子，至於教育我嘛，我可不這麼認為。我和她很少見面，而且每次見面都很短暫。」

「但在您所謂的『短暫』見面中，您得到的資訊依舊讓您思考到今天。不可思議的資訊。弗拉狄米爾先生，您說阿納絲塔夏很少談到撫養小孩，但其實不然。」

亞歷山大醫生快步走回桌前，從抽屜拿出一本厚厚的灰色筆記本，輕輕地撫摸封面，接著說：

「我從您的書找出所有阿納絲塔夏說過有關孩子出生和撫養的話，把情節的部分省略後依序抄錄下來。或許我不該單抄這些談話內容，畢竟情節還是有助於理解。我必須說，阿納絲塔夏的話暗藏至高的哲學意義及古文明的智慧，讓我不得不猜測——其實不只我這樣認為，這些哲理可以在某些數百萬年前的古籍中找到。阿納絲塔夏的話深奧且精闢，讓人想起古代經書和現代學術著作裡，那些我們認為非常重要的思想。依序抄完所有關於小孩出生和撫養的話後，我才發現……那簡直是一套無人媲美的理論。我相信那些話可以成為許多學術論文、學位和重大發現的基礎，但更重要的是，那會讓地球上出現全新的種族，而它就叫『人類』！」

「人類現在就存在了。」

「我認為從未來的角度來看，人類的存在與否值得質疑。」

「怎麼可能？我和您都存在，這如何質疑？」

「我們的身體存在，我們將此稱為『人類』，但未來人類的生理和心理狀態會與我們天差地遠，所以為了凸顯兩者的差別，必須更改稱呼的方式。現代人應該稱為『某某時期的人類』，或者以不同的方式稱呼未來出生的人。」

「您是認真的嗎？」

「是，當然是認真的。既然您讀過很多專家著作的育兒書籍，請您告訴我，孩子的教育從什麼時候開始？」

「有些作者認為從孩子一歲開始。」

「沒錯，最好是從一歲開始，但阿納絲塔夏說過，人的成形在更早之前……您現在肯定以為是在母親的子宮成形，但她說，在精子和卵子結合前，父母就能塑造未來的孩子，而這在科學上可以解釋。她的高度勝過古今所有的心理學家，她的論述很有份量，涵蓋孩子發展與教育的所有階段，包括受孕前、受孕期和受孕後等等。

「無論是古代智者或現代學者，都沒辦法瞭解她所講的主題。她特別強調生育和教育『全人』的必備條件。」

「但我不記得她有說過，我從未寫過您說的發展階段。」

「書裡只寫您親眼看到的事情，阿納絲塔夏知道您會一五一十地記載，她再親自形成這些事情，使至高無上的科學具有引人入勝的敘事形式。她用生命創造您的著作，將無價的知識帶給世人。

「多數讀者以直覺感受這些知識，感到欣喜若狂，卻不知道這種感受從何而來。他們下意識地吸收前所未知的資訊，不過也可能是有意識地接收。我這就證明給您看。您看，這些是阿納絲塔夏講過有關人類出生的話，我曾和一位同事深入分析及詮釋。他是性病理學副博士，診間就在我隔壁。我們做了幾個實驗及分析。

亞歷山大醫生打開筆記本，有些興奮又自豪地說：

「首先是……受孕前。我們所知的現代和過去社會，幾乎不會將此視為孩子的撫養階段。但現在我們清楚知道，在地球或浩瀚宇宙的某個地方、某個過去或現在，存在著男女關係遠比我們完美的文化。受孕前是個非常重要的階段，可以說是人類教育的根本。

「阿納絲塔夏依循我們未知文明的文化傳統，在受孕前進行特定的準備動作。她先削弱您的性慾，對我這個心理學家來說，您在第一本書描寫的情節就能證明這點。我依序唸給您聽。

「您在泰加林與阿納絲塔夏休息時，您喝了干邑白蘭地，還吃了一點東西。阿納絲塔夏婉拒您給她的食物和酒，然後脫掉外衣，躺在草地上。她的自然美讓您驚為天人，自然產生想要擁有眼前女性胴體的慾望。您受性慾驅使而企圖靠近她，結果您摸到她的身體後就……失去了意識。

「我們不細談她如何讓您失去意識，重點是您不再把她視為滿足性慾的對象。您自己也寫過這麼一句話：『我無意佔有她。』」

「您說得沒錯，那次休息之後，我對阿納絲塔夏不再有性慾。」

「接著是第二階段——**受孕期**，您談到受孕的環境。

「晚上舒適的洞穴，加上乾草和花朵的香味，但您不習慣晚上獨自睡在泰加林，所以您要阿納絲塔夏躺在旁邊。您已經知道，她躺在身旁時，您不會遇到任何壞事。她真的躺在您的身旁了。

「於是在這段親密的時光裡，一個美若天仙的年輕女子躺在您的身旁，她的身體又因綻放健康的光芒而顯得獨特。她和您之前看過的女性身體完全不同，她確實散發一種健康的氣息。您感受到阿納絲塔夏芳香的鼻息，但您此時不再出現性衝動，這樣的感覺已經遠離您，而被另一種心理狀態取代——傳宗接代的渴望。您想要有個兒子——您一直沒有的兒子！您在書中寫道：『要是兒子是阿納絲塔夏生出來的話，這該有多好啊！她那麼健康，生下來的小孩一定健康又漂亮。』您不知不覺就把手放上她的乳房開始撫摸，但已經不是以前那種撫摸，完全無關性愛，感覺像是撫摸自己的兒子。您後來寫到親吻、阿納絲塔夏輕柔的鼻息，然後……沒有多寫任何細節，而是馬上描述隔天早上美好的心情、至高無上的滿足。我想出版商一定要您為了銷量多寫那一晚的細節吧。」

「是啊，他們確實不只一次建議我這樣做。」

「但是您在接下來的幾本書都沒提到那一晚，為什麼？」

「因為……」

「等等！拜託別說，我想確定自己的結論是對的。您不寫那一晚的性愛細節，是因為您根本不記得和阿納絲塔夏接吻後發生了什麼事。」

「沒錯，我至今仍然想不起來，只記得隔天早上不可思議的感受。」

「那我現在告訴您，您可能會覺得不可置信。那個美好的夜晚，您和阿納絲塔夏根本沒有發生性愛。」

「沒有性愛？那兒子怎麼來的？我親眼看到我的兒子。」

「那一晚你們的確有肢體接觸，也有射精……受孕的一切要素都有，但就是沒有性愛。我和同事不斷研究您那一晚做了什麼，而他們和我都相信您和阿納絲塔夏沒有發生性愛。

「我們現在認為的『性愛』是指滿足肉體的需求、渴望肉體的歡愉，但在泰加林的那一晚，這樣的動機並不存在。我的意思是，您不渴望肉體的歡愉，而是追求別的目標——孩子。因此，那一晚發生的事必須用別的詞形容。這裡不僅是用詞不同，我們談的是截然不同的人類出生方式。

「我再強調一次：**這是截然不同的人類出生方式**。這不是抽象的說法，可以輕易找出科學的類比證明。您自己判斷一下，現在的心理或生理學家都不否認，外在心理因素會影響母親子宮裡的胚胎形成。在這些影響因素中，最重要且通常也是最關鍵的一個，就是男人對他懷孕的女人的態度。我們也不否認兩人親密接觸時，男人對女人的心態會影響後代的形成。有些男人只把女人當作滿足性慾的對象，有些男人則將此視為共同創造，所以就會產生不同的結果。後者出生的孩子可能遠比現代人睿智，如同現代人比猿類聰明一樣。

「共同創造時的性愛及隨之而來的歡愉並非最終目的，只是達成目的的途徑。其他心理能量會引導身體，孩子的狀態也會以不同的方式塑造出來。

「剛才所說的可以歸納出第一個定律：渴望生出全人且家庭幸福美滿的女人，必須把握男人想與她生育孩子、想像未來孩子、渴望孩子出生的那個瞬間。

「唯有如此，男女雙方才能達到某種心理狀態，獲得親密關係的最大滿足，未來的孩子才能得到獨特的能量。傳統途徑出生的孩子——意外出生的後代——沒有這種能量。」

「但女人要怎麼感受到這個瞬間？她要從何得知男人的想法？畢竟想法無影無形。」

「愛撫！透過愛撫判斷。心理狀態總有外在徵兆可供判斷，像是開心會大笑或微笑，難過可從眼神或肢體看得出來。因此，我認為男人純粹出於性愛而對女人的撫摸，以及男人宛如對未來孩子的愛撫，其實不難區分。唯有透過這種愛撫，才能產生只有人類可以、其他地球生物無法體會的『某種感受』。這種感受無人可以描述，至今也找不到科學解釋，出現時，是沒有任何方法可以分析的。身為心理醫生，我也只能猜測，這種情況主要不是兩人的身體交合，而是遠比這個重要——兩人思想的合而為一。更精確來說，兩人的感覺群體合而為一。過程中獲得的愉悅和幸福感遠遠超過純粹的肉體歡愉，不像一般性愛那樣稍縱即逝。

無法言喻的愉悅可以持續數個月，甚至數年之久。這會形成穩固且互愛的家庭，這就是阿納絲塔夏所說的。

「這也表示，一旦男人體會這種感受，肉體的歡愉再也無法取代新的感受。男人無法也不想背叛妻子——心愛的另一半。一個家庭的組成從此刻開始了，一個幸福的家庭！

「俗話說：『姻緣天註定。』這句話完全可以套用在這種情況。您自己想想看，我們現在都用什麼方式見證天定姻緣？民政局頒發的結婚證書、五花八門的宗教儀式，聽起來很可笑，不是嗎？可笑之餘，令人難過。

「阿納絲塔夏所言不假，天定姻緣只能由男女之間美好、非凡的心理狀態見證，如此才能生出嶄新的全人。

「所以我認為，現代出生的多數孩子都算私生子。我現在……要唸幾段性病理學同事的看法：

《阿納絲塔夏》書中描繪的男女性關係為『性』賦予了全新的定義。目前與此主題有關的所有教科書，從古希臘、印度到現代的著作，與阿納絲塔夏偉大的論述相比，只能算是天真又可笑的無稽之談。從古至今所有關於性的已知研究，都把重點放在各式各樣的體位、愛撫技巧和情趣用品。然而，每個人的生理、心理和能力不盡相同。對特定的人而言，可能只有一種體位最有效且最能接受，只有一種是符合自身特徵和性格的情趣用品。

世界上幾乎沒有專家能為特定的人，從眾多現有的方法精確找出最適合的技巧。想要做到這點，專家必須對上千種現有的方法滾瓜爛熟，研究人的生理和心理狀況，而這簡直天方夜譚。

科學至今仍無法解決男女性關係的問題，這從現代男女性無能比例的增加就能證明。越來越多夫妻對性不滿足，但這種缺乏愉悅的情況可以改變。

阿納絲塔夏讓我們看到，大自然存在某種機制、某種更高的力量，能夠瞬間解決看似無法解決的問題。這種機制或某種力量藉由男女兩人的特定心理狀態，找出專屬於兩人的性愛狀態與技巧。

這種狀況之下獲得的歡愉必能達到最大程度，體驗這種歡愉的男女，無論是依據法律或儀式締結婚姻，都有極大的可能永遠忠貞彼此。

「夫妻忠貞！夫妻不忠。背叛。」

亞歷山大醫生從桌後站起身，繼續說：

「阿納絲塔夏首度指出這種現象的特徵，我不只記得零星片段，還把她的整段話背了下來：**它們用盡各種方式誘拐人類相信，只要得到性的慰藉，就可輕易獲得滿足，讓人類遠離真理。可憐的女性被蒙在鼓裡，終其一生用錯誤的方式，尋找失去的恩典，得到的只有痛苦。如果女人真的為了滿足某個男人的性慾，主動獻身，那就永遠無法防止對方偷情。**還有一段……稍等……有了：**他們將一個換過一個，嘗試不同的肉體，做出對不起自己身體的事情，同時心裡明白，自己離真正的婚姻幸福越來越遠了！**

「正確無誤地指出夫妻不忠的原因。我以心理學家的角度來看，發現一切符合邏輯：男女雙方（或所謂的夫妻）為性而性，只要覺得沒有得到足夠的歡愉，就會去找專家、額外閱讀資料，聽人建議改變體位和愛撫方式。總而言之，就是透過不同的性愛技巧追尋更大的歡愉。

「注意我說的是『追尋』，兩人雖然可能不會明說，但正如同阿納絲塔夏所言，他們直覺上知道有更大的歡愉，所以才會追尋。但是……要追尋到什麼地步呢？難道只是改變體位嗎？照理來說，一定是持續尋找不同的肉體。

「『啊哈！』這個社會大喊，『這叫夫妻背叛。』但這並不是背叛，因為兩人根本不算夫妻！

「單憑證書締結的婚姻不算婚姻，充其量只是社會發明的協定。

「男女必須達到阿納絲塔夏所說的最高心理狀態，才算婚姻的結合。她並非光說不練，而是親身示範如何達到。男女關係有了全新的定義。」

「亞歷山大醫生，您難道建議時下年輕人在正式結婚前發生親密關係嗎？」

「現在大多數人已經這樣了，只是我們羞於公開討論。但其實我想說的是，不要為性而性，登記結婚前後都是如此。」

「我們是自由的社會，人人都可自由選擇過著放蕩的生活，我們也確實在過這樣的生活！」

「放蕩已經變成一種產業，看看各種情色影片和書籍、嫖妓賣淫、情趣用品店販賣的充氣娃娃，這些都是證據。

「這種荒淫無度的現象再再證明，現代科學完全無法理解兩人結合背後的機制性質和目的，所以阿納絲塔夏所說的話就是重大發現，有如醍醐灌頂！

「身為一位心理醫生，我明白阿納絲塔夏的偉大發現。她指出男女關係的全新定義。

「其中主要的角色是由女性扮演。阿納絲塔夏成功讓您認識這個定義，成功透過某個古文明的知識讓您明白，或許她是出於直覺地舉出古文明的例子。但我們……應該說是我的同事，實踐出來了……他證明了男性也能……

「他是性病理學專家，和我一起分析阿納絲塔夏的言論。是他先指出我們未知的全新關係定義，阿納絲塔夏的言論讓他大吃一驚……您一定要記得，她曾說：**你說誰想當一時情慾的產物呢？只要是人，都想在創造的渴望所激起的浪潮中誕生，成為愛的產物，誰也不想只是一場肉體尋歡的結果。**但我們的孩子都是這樣誕生，成為肉體尋歡的結果。我和妻子想要孩子，然後做愛。我甚至不知道妻子是在哪一天受孕的。直到她懷孕，我們才開始認真思考孩子。但阿納絲塔夏說過，親密關係的前一刻就要達到特定的心理狀態和渴望。總歸而言，我的同事對此番言論想必懂得比我多，或者說有更深的感受。他渴望體會這種心理狀態，想要有個孩子——兒子。我的同事四十多歲，妻子小他兩歲，育有二子。他自己承認兩人近幾年來很少做愛，卻和妻子談起生小孩的事。妻子起初對他的願望非常詫異，表示這個年紀生小孩太晚了，但她對丈夫的態度有了好的轉變。他把阿納絲塔夏的書拿給妻子閱讀，而妻子現在也會主動和他討論，但不是討論自己想要孩子的渴望，而是書中所說的話有多真實。某天晚上，我的同事開始愛撫妻子，心裡想的不是性愛，而是自己未來的兒子。他大概就像您那晚一樣，不過您是由阿納絲塔夏引導到那個心理狀態，而他是自己做到。無法確定他是不是碰巧做到，但他肯定達到跟您一樣的心理狀態。他的妻子也以同樣的愛撫回應他。他們倆的年紀都不小了，當然不像年輕時有強烈的性需求，但想著未來的孩子似乎讓他們把一切的性愛技巧拋諸腦後。最後……最後『某種感受』出現了，我的同事和他的妻子都不記得親密關係的細節，像您一樣不記得了，但他們和您都談到隔天早上那種無法忘懷的美好感受。我的同事說，他這一生從未有如此感受，無論是與妻子或其他女人親密（而且還不少次），都不曾有這樣的感受。

「他四十歲的妻子已經懷孕七個月，但這不是最重要的。最重要的是，他的妻子戀愛了。」

「對象是誰？」

「自己的丈夫，弗拉狄米爾先生。您想像一下，這個從前嘮嘮叨叨、有時急躁的女人，現在偶爾會來我們的診所等丈夫看完病人，像個戀愛中的少女坐在候診室。我經常偷偷觀察她臉上的表情，發現她的表情也有了變化，出現一抹淺淺的微笑。我和他們家人熟識快要八年，這個生性憂鬱、豐腴的女人突然年輕了十歲，就算挺個大肚子，還是很美。」

「您同事對妻子的態度也變了嗎？還是維持原樣？」

「他也變了，完全不再喝酒，但其實之前就沒有喝很多。他還把菸癮戒掉，現在和妻子最愛的活動變成畫畫。」

「畫畫？畫什麼？」

「像阿納絲塔夏所說的那樣，畫出自己未來的祖傳家園。他們想取得一塊地，在上面蓋……不，不能說是蓋房子，而是為他們未來的孩子，打造未來的天堂樂園。」

「未來？」

「是的，未來。妻子現在唯一的遺憾，就是在公寓裡受孕，而非阿納絲塔夏所說的家園，不在親手創造的愛的空間受孕。女人都應在此懷孕、生產。

「我同事的妻子深信可以再生一個小孩，我的同事也相信這點。

「我認為，動物延續物種的本能與人類的不同在於，動物交配全是受到大自然的召喚。

人類所謂的性愛，會讓人類無異於動物，這個過程誕生的孩子會變成半人半獸。

「唯有出現人類獨有的能量與感覺，也就是愛、預見未來的能力和對創造的認知，真正的人類才能誕生。『性愛』一詞並不適用於此，只會讓這個過程變得微不足道，所以應該用『共同創造』這個詞。當男女雙方達到某種心理狀態，進而出現共同創造，他們的結合就成了天定姻緣。這種結合不是光靠證書或儀式套牢雙方，而是更崇高、更有意義的東西，所以才會幸福且堅定不移。您不要以為，只有年輕人才能這樣結合，我同事的例子證明所有年齡層都能做到。唯有兩人明白阿納絲塔夏所言的重要性，才有可能如此結合。」

「所以您是什麼意思？所有身分證登記已婚的人實際上都不算結婚嗎？」

「身分證只不過是社會發明的協定。結婚證書，以及不同民族在不同時期舉行的各種儀式，乍看之下雖然不同，但本質大同小異，只是為了讓人留下印象，以人為的方式創造兩人結合的表象。正同阿納絲塔夏所言：在謊言底下結合是可怕的。孩子！弗拉狄米爾，你知道嗎，孩子！他們感受得到這種結合的不自然和不誠實，使他們傾向懷疑雙親說的每一句話。孩子還在母親肚子裡就能下意識地察覺出謊言了，這讓他們很難受。

「大自然裡有非人為而自然的神聖結合，阿納絲塔夏也向現代人證明如何達到了。」

「您的意思是說，已婚人士——身分證登記已婚的人——實際上得和配偶重新結婚嗎？」

「不是重新結婚，而是真正地結婚。」

「大部分的人應該很難理解。全世界的人都將性愛視為最大的歡愉，為了尋歡而做愛。」

「全是謊言，弗拉狄米爾先生。九成的男人根本無法滿足女人。

「多數人從性愛獲得最大滿足，這種迷思只是一種洗腦。人的性需求被商業操作，大量的合法和非法成人雜誌都是為了吸金、欺騙大眾。影片中各式各樣的主角像超人一般，輕而易舉地滿足夥伴，這也是商業操作。

「我們只是害怕、羞於對彼此承認，自己沒有合適的伴侶，但這是不爭的事實。六成的婚姻支離破碎，剩下的四成家庭絲毫不完美，這點可由層出不窮的婚姻背叛和猖獗的性產業證明。

「我們現在從性體會到的愉悅遠遠不足。兩人按照神聖的使命進行真正的共同創造，這種滿足遠大於肉體尋歡的滿足，可惜我們終其一生遍尋不著。

「**『我們沒有在對的地方尋找！』**我們的一生無疑地驗證了這句真話。

「阿納絲塔夏代表何種古文明的文化，我們的歷史學家大概完全不曉得。她打破了主流的刻板印象，這種文化的完美可從它對孕婦的態度略知一二。

「這種文化要求孕婦待在受孕的地方九個月，並且在此生產。這有多重要？

「這種做法的好處，可以透過現代科學和分析比較的結果得知。母親受孕和懷著未來孩子的地方叫做家園，男女兩人在此親手打造種有不同植物的花園。生理學家無不強調孕婦攝取適當營養的重要性，這在很多學術和科普書籍中都有提到。但又怎樣？難道每位孕婦都要研讀嗎？把其他事情放到一旁，全心鑽研相關資料，像是吃什麼、怎麼吃嗎？這很難實踐。

「即便每位孕婦都去研讀這些科學知識，必定又會遇到一個無法解決的難題：從何取得書中推薦的產品？

「假設現在有對非常富有的夫妻，買得起任何想要的東西。癡人說夢！有錢也買不到孕婦想要的東西，特別是她想要的當下。比如說，錢買得到的蘋果，品質絕對不會比女人在自家果園摘下、當場吃掉的蘋果還好。

「再來是心理因素，重要性不亞於生理因素。現在假設兩種情況，然後比較看看。

「第一是多數人的標準情況。以收入中上的年輕夫妻為例，孕婦和丈夫如果住在公寓，她可以吃到品質夠好的食物嗎？不可能！現在的超市，即便是高級超市，都無法提供良好的食物。罐裝或冷凍食品對人類並不天然。傳統市場呢？恕我直言，那兒的品質也令人質疑，連小農都會使用各種化學肥料栽種作物了。種給自己吃是一回事，種來販賣又是另一回事，賺錢的慾望促使他們使用各種刺激物。這個道理無人不知，所以我們吃來路不明的食物時，自然會產生一種警戒心。

「警戒心！這已成為現代人形影不離的感受。

「孕婦聽聞層出不窮的社會事件和生態浩劫，於是意識和潛意識越來越替未來的孩子擔憂。我們究竟可以在哪裡找到正向的元素？不復存在！在這種駭人的生活環境中，我們是在自掘墳墓，不可能找到的。

「即便在設備完善的公寓裡，我們也會習慣周遭的環境，沒有事物能讓我們耳目一新。我們習慣公寓的一切變得老舊毀損，甚至習慣自來水無法飲用。孕婦忽然清楚地感受到，卻無能為力、空等奇蹟發生。身處這種無望的壓力下，等待成了她唯一可以依靠的慰藉。

「第二種情況是孕婦住在阿納絲塔夏所說的『愛的空間』，除了生理需求獲得滿足，心理方面也得到有力的支持。

「現代科學能夠解釋並證明，阿納絲塔夏所言的一切幾乎不假，簡明扼要又合情合理，只是讓我們訝異的是：我們盡說一些深奧的語言，卻從未關注她說的話。

「儘管如此，阿納絲塔夏仍然說出現代科學無法解釋的神祕現象：父母必須把三個要素——三個首要的存在層面——呈現給自己的創造。

「接著她說，如果要讓三個神祕的存在層面在一處合而為一，也就是在祖傳家園，必須符合以下條件：兩人的思想在愛中結合……第一個要素，稱為『父母的思想』……第二個要素，或說是另一個人類層面，是兩個身體合而為一時誕生的。這個要素的誕生，會在天空中點亮一顆新的星星……第三個要素——新興的層面——會在同一個地方產生。母親要在受孕的地方產下孩子，而且父親要在她的身旁，關愛萬物的偉大天父會為他們三人高舉桂冠。

「生理和心理學家一定可以證明，在同一個地方——美好的祖傳家園——受孕、懷孕和生產有其好處，但阿納絲塔夏說得更深入。她說在此條件下出生的人，能與宇宙擁有完整的連結。為什麼？何以見得？這種出生條件對此人未來的命運有多重要？現代科學家目前只能猜測。

我試著對照阿納絲塔夏的言論和時下流行的占星預測，過程中自然發現一個問題：阿納絲塔夏所說的三個要素之中，哪個對人類出生最重要？思想、生理受孕，還是孩子從母親的子宮出世？

大家都將孩子從子宮出來的那一刻算作生日，星座也是依此而來，但科學現已證明，還在母親體內的胚胎即有生命、擁有感覺，因此算是已經誕生而存在的人。母親感受得到他的小手和小腳在動。所以說，生日要從卵子受精的那一刻算起，這樣應該比較正確吧？從生理學的角度來看，把那一刻算作生日比較正確，不過……卵子受精其實不是原因，而是結果，是由兩人的思想所致。或許這才是決定生日的關鍵？在我剛才提到的三個要素中，大家目前都將孩子出世的那一刻算作生日，但未來或許會有不同的共識。根據阿納絲塔夏的理論，人的生日應從三個要素合而為一的時刻算起，且其自有無庸置疑的邏輯，只是我們現代的科學和宗教教理連提都不敢提。」

「為什麼不敢提？」

「因為……您想想看，弗拉狄米爾先生，如果我們承認阿納絲塔夏所言不假，就不得不承認，與她代表的文化相比，我們並非全人，現代大多數的人缺少一兩樣全人天生的要素，所以我們才不去討論，甚至連想都不敢。但我們仍得思考……」

「我們之所以不談不想，是不是因為這些主題過於爭議？」

「完全相反！這些主題毫無爭議！

「第一，您自己想看看，卵子受精前先思考未來的孩子，而非荒淫無度，誰會否認這樣比較道德，而且對心理帶來更大的滿足呢？

「第二，也不會有人主張孕婦不需攝取充足的營養或避免壓力。阿納絲塔夏所說的家園就是再適合不過的地方。

「第三，在熟悉而習慣的環境生產，可為母親帶來較多的好處。更重要的是，新生兒也能受益。這在心理學和生理學都是不爭的事實，所以您現在認同這三大要素了嗎？」

「當然認同。」

「看吧，這是毫無爭議的，不只是對學者來說，所以不該否認這三個正面要素結合後帶來的正面效益。

「身為一位心理醫生，我假設這種在空間中的結合會產生某種心理反應，整個宇宙也會給予回應，迎接出生的人類並建立和他的訊息連結。」

「或許吧，但確定人的生日很重要嗎？」

「可重要了！非常重要！這會決定我們自己的世界觀層級。如果我們把胚胎成形當作生日，我們的世界觀就會以物質為主。

「如果我們強調男女思想的結合，我們的世界觀則會以意識為主，因此形成兩種決定生活方式的文化，前者重視物質，後者倚賴精神。兩種觀念的公開和私下爭論由來已久，但我現在認為這種爭論顯然毫無意義。阿納絲塔夏不僅說過兩種觀念的結合，還說要加入第三種觀念。根據她的說法，可以建立全人生日的理論，也有可能實踐這項理論。這點人人都能輕易做到，但為什麼我們沒有把握機會？為什麼我們的意識如此混亂、不斷虛度光陰？這才是問題所在！」

「我還是認為，生日是指孩子從子宮出來的日期和時刻，只是可以說得更精確一點：出生時間。」

「或許吧，很有可能！但關於出生的時間，您還是親自問阿納絲塔夏比較好。」

「我會問的，我也想知道自己和兒子何時出生。」

「您的兒子……都忘了您是來找我諮詢的，我卻顧著講自己的事……抱歉，我多言了，實在是這件事困擾我很久。您知道嗎，我每週看診三次，很多人來找我請教問題。

「他們的問題千篇一律，都是如何撫養小孩、如何和兒女溝通。他們的孩子有些已經五歲、十歲，甚至還有十五歲的。

「如果我告訴他們：『老兄，現在撫養太遲了。』這樣無非是在扼殺他們最後的希望，所以老實說，我也只能安慰他們。」

「我的兒子也快五歲了，所以我也太遲了嗎？」

「弗拉狄米爾先生，您的情況不同，您的兒子身邊有阿納絲塔夏。她沒有讓您把孩子丟到我們的世界生活，而是依從不同的文化撫養孩子。」

「所以說，我和兒子屬於不同文化，完全沒有機會瞭解彼此嗎？」

「親子總是各自代表不同的文化、不同的世界觀，每一代都有自己的喜好，但您和兒子的差異其實沒這麼大。我給您的建議是，與兒子溝通前，先和阿納絲塔夏請教最好的方式，注意她說的話。畢竟您讀過很多關於撫養小孩的資料，也想得非常透徹，現在應該不難理解她說的話。」

「即便過了這麼長的時間，我至今仍然不是很懂她。她的有些說法常讓我懷疑，太深奧難解又難以證明。她講的很多話我都不敢寫進書裡，因為看起來很像她在幻想，而且……」

亞歷山大醫生突然重拍桌子，有點無禮地打岔：

「您沒有權利這樣做，如果您的頭腦無法理解，還是要給別人機會。」

我不喜歡他激烈的語氣和意思。這不是我第一次聽到或讀到有人這樣說我，他們覺得我是一無是處的笨蛋，我的角色只不過是要一五一十地傳達泰加林隱士所說的話。但說出這種話的事後諸葛並不知道所有真相，所以我決定讓眼前突然發飆的心理醫生明白我的立場：

「想當然耳，您覺得您也是能夠瞭解阿納絲塔夏所言的人。我不是有學術背景的心理醫生，但我明白一個簡單的道理：如果我把她所有神祕的言論寫進書裡而毫無證據，大家就會把書裡的內容通通當成童話故事，使得所有可於現在生活中實踐的合理說法付諸流水。要把一些神祕的言論刪除，或許才能避免合理的部分受連累。」

「可以請您舉例，哪些是神祕的言論嗎？」

「我剛好想到一個。她說自己從宇宙收集最好的聲音組合，把它藏進書中的文字，還說會對讀者帶來正面的影響。」

「是啊，我記得這段，記得非常清楚，在第一本書裡。她還說，讀者閱讀時如果伴隨大自然的聲音，會有更大的影響力。」

「所以您記得？其實這段話不僅寫在內文，封面內頁也能找到。您記得嗎？出版社建議我加在內頁，希望可以吸引更多讀者，我也照做了……」

「這樣做沒錯。」

「沒錯？！您知道嗎，內頁的這段話嚇跑了很多讀者，他們覺得這是行銷手法，新聞媒體也有提到這點，所以我才在後來的幾版刪掉這些字。很多人覺得我在故弄玄虛、編造故事。」

「白癡！難道……難道社會的智商已經低落到這種程度了？還是懶於思考的陋習剝奪了大眾的邏輯思考能力？」

「如果她的話根本無法證明，何來懶於思考的說法呢？」

「證明？要證明什麼？她的言論宛如簡單有效而聰明的心理測驗，可以瞬間測出智商低落而愚昧無知的人。如果他們還在新聞媒體中大放厥詞，就好像是昭告天下：所有人快看啊，看看我們多愚昧！這個測驗太準了！」

「為什麼會談到測驗？她的話就是無法證明呀。」

「您覺得無法證明？這不是證不證明的問題，阿納絲塔夏的這段話是放諸四海皆準的道理啊。您自己想看看，任何書的文字——任何書信和口語——不都是由聲音組成嗎？這樣您懂了嗎？您認同嗎？」

「大致認同，所有書的文字的確都是由聲音組成……」

「您看，這不是很簡單嗎？懶於邏輯思考的人就是卡在這麼簡單的道理上。」

「或許吧……但她畢竟說過，自己是從浩瀚的宇宙尋找、收集最好的組合，而且這會對讀者帶來正面的影響。」

「您說的也沒有什麼神祕的地方。您自己判斷一下，閱讀任何書籍和報章雜誌時，您不是也會受到影響嗎？文字可以讓您無感、氣憤、滿意、憎恨或開心，這樣您明白了嗎？您認同嗎？」

「認同。」

「很好。至於阿納絲塔夏文字帶來的正面影響，讀者的反應就是很好的證明，但我說的不是那些用錢買來的書評。讀者產生的創作欲望，表示確實有正面的影響，包括讀者創作的大量詩作和歌曲。我就買過五卷獻給阿納絲塔夏的歌曲錄音帶，有些是一般的讀者創作，有些則是來自特別的人。我買了錄音帶聽了又聽，生命自會證明阿納絲塔夏所說的話，畢竟這些詩作都是受閱讀的影響而生。您怎麼會說是搞神祕呢？您沒有權利刪減阿納絲塔夏所說的話。」

「隨便，我要走了，謝謝您的建議。」

我握住門把，準備離開診間。

「請等一下，弗拉狄米爾先生。我知道我冒犯了您，如果我的語氣太過強烈，很抱歉。我不希望我們的見面以不愉快作結。」

亞歷山大醫生站在診間中央，年老的他有點肚子。他俐落地扣上西裝外套的鈕扣，繼續說：

「您要瞭解自己有義務一五一十地寫出阿納絲塔夏的話，不要擔心她的話會讓您我或別人不懂。不要擔心，重點是讓她們明白！」

「誰？」

「還能生出健康寶寶的年輕女性。如果她們明白，必定可以改變一切……話說回來，我們幾乎沒有談到您的兒子，況且您還是因為這個問題來找我的。」

「確實如此。」

「我沒有什麼具體的建議可以給您，您的情形太特殊了。或許您可以把幾本附圖的書帶去泰加林給他，比如說歷史書。您也要穿得體面一點，這聽起來好像很蠢，但我只是希望您別把我們現實太嚴酷的一面給他看。」

「不然要讓他看哪一面？經過美化粉飾的嗎？」

「重點不是這個，畢竟您在兒子面前代表的是我們的現實，意思是您可能會損及自己在兒子眼中的形象。」

「為什麼要我一人為我們整個社會的醜態負責？」

「如果您讓兒子看到您無法改善社會，就會讓他看見您的無能，有損自己的形象。我認為阿納絲塔夏撫養他的方法讓他知道，沒有什麼是人類辦不到的。」

「或許您說得對，亞歷山大醫生。謝謝您實用的建議，我應該讓孩子看看我們生活美好的一面。的確值得一試，不然他會以為……」

我們握手道別，至少我認為沒有不歡而散。

2 與兒子對話

我從河邊獨自走到阿納絲塔夏的林間空地，靠近這個熟悉的地方時，突然有種回家的感覺。這次沒有人迎接我，不過我也愛上自己走在泰加林的感覺，不需嚮導的指引。

我沒有大喊或叫出阿納絲塔夏的名字，覺得她可能在忙。等她有空時，就會感受到我來了，出來迎接我。

看到我和阿納絲塔夏常在湖邊坐著的地方，我決定先把一路穿來的衣服換掉，再坐下來休息。

我從背包拿出一件深灰色的防皺套裝、白色薄毛衣和新鞋。當初準備出發時，我還想帶一件白襯衫和領帶，但後來想到襯衫會皺，在泰加林又沒辦法燙。所以我在店裡買套裝時，請他們幫我包好了，這樣才不會皺掉。

我決定在兒子面前表現文質彬彬的樣子，所以我花了很多時間和力氣思考如何打理外表。

我還帶了電動刮鬍刀和鏡子。我把鏡子靠在樹邊，開始刮鬍子、梳頭髮，然後坐在小丘上，拿出紙筆，把一路上想到與兒子見面的計畫寫完。

我的兒子將滿五歲，肯定會說話了。我上次見他時，他還很小，不會說話，但現在應該懂很多事情了，說不定還會整天跟阿納絲塔夏和爺爺說個不停。我決定一見到阿納絲塔夏，就要立刻告訴她，我計劃如何和兒子見面、準備跟他說什麼。

過去五年來，我勤奮地研讀各種撫養孩子的方法，從中擷取我認為最受用、最好懂的部分。我還諮詢很多教育學者和兒童心理專家，歸納出對我有用的結論。而現在，在與兒子見面之前，我想先和阿納絲塔夏討論我想的計畫和結論，一起重新思考所有細節，請她建議我一開始可以跟兒子說什麼，還有我說話的站姿。我覺得站姿很重要，要讓孩子覺得父親很重要。但一開始還是得讓阿納絲塔夏向兒子介紹我。

筆記的第一點正是「阿納絲塔夏向兒子介紹我」。

讓她用簡單的幾句話介紹我，比方說：「你看，兒子，這是你的親生父親。」

但她必須很慎重地介紹，讓孩子立刻從她的語氣感受到父親的重要性，之後才會尊重父親。

我忽然覺得周遭萬籟俱寂，彷彿進入警戒模式。我沒有被這突如其來的寂靜嚇到，每次我和阿納絲塔夏在泰加林見面前都會這樣。泰加林和所有生物全部看似停下動作，仔細聆聽並觀察，判斷外來者是否對牠們的女主人帶來不快。如果沒有感到威脅，牠們就會冷靜下來。

我從這陣寧靜知道，阿納絲塔夏已經悄悄走到我的身後。感受她的存在並不困難，因為我的背後總會先感到一股暖流，只有她的眼神可以帶來這種感覺。我沒有立刻轉身，而是繼續坐了一會兒，感受這種宜人且愉悅的暖流。接著我轉身，看到了……

年幼的兒子打著赤腳，穩穩地站在草地上。他長大了，淡褐色的捲髮及肩，穿著麻質纖維織成的無領短袖襯衫，五官長得像阿納絲塔夏，應該也有點像我，只是一時之間還看不出來。轉身看到他時，我的雙手撐在地上跪著，彷彿忘掉周遭的一切。他用阿納絲塔夏的那種眼神靜靜地看著我。我大概驚訝到啞口無言，倒是他先開口說話：

「向你的光明思想問好，爸比！」

「什麼？當然也向你問好。」我回答。

「爸比，請原諒我。」

「原諒你什麼？」

「我打斷你重要的思考，我原本站在遠方不想打擾你，不過我很想走到你的身旁。爸比，我可以安靜地坐在旁邊，等你把事情想完嗎？」

「什麼？當然可以啊，坐吧。」

他快步走到離我半公尺處，坐下來一動也不動。我不知如何是好，依舊維持剛剛手撐在地上的跪姿。等他坐定位後，我心想：「我得擺出沉思的姿勢，讓他覺得我在想重要的事情。我要思考接下來該怎麼表現。」

我擺出貌似沉思的姿勢，我們就這樣坐了許久一語不發。後來，我轉頭對著安靜坐著的小兒子問：

「這裡怎麼樣？」

聽到我的聲音後，他開心地轉頭並直視我的眼睛。我從他的眼神感覺到他很緊繃，不知該如何回答我簡單的問題。他後來還是回答我：

「爸比，我無法回答你的問題，我不知道這裡怎麼樣。爸比，這裡的生活一天一天地過，很美好。」

「我得想辦法繼續聊天，」我想，「不能錯過這個機會。」於是我又問了一個常見的問題：

「那你過得如何？有聽媽咪的話嗎？」

他這次立刻回答我：

「每次聽到媽咪說話，我都很開心，也很喜歡聽爺爺們說話。我也會跟他們說話，他們會聽我說。可是阿納絲塔夏媽咪說我話太多了、要我多思考，但我想得很快，想用不同的方式說話。」

「什麼不同的方式？」

「像爺爺們那樣一字接著一字地講，也像媽咪和爸比你一樣。」

「你怎麼知道我講話的方式？」

「媽咪示範的，她開始用你的方式講話後，我覺得很有趣。」

「是嗎？哇……那你想當什麼？」

他又不瞭解這種大人常問小孩的問題了，頓了一會兒後才回答：

「我已經是了呀，爸比。」

「我知道，但我的意思是，你長大後想當什麼、做什麼？」

「我長大後要變成你，爸比，延續你現在做的事情。」

「你怎麼知道我在做什麼？」

「阿納絲塔夏媽咪跟我說的。」

「她還跟你說了哪些關於我的事？」

「很多，阿納絲塔夏媽咪說你……她用了什麼字……啊，記得了，她說你是英雄，爸比。」

「英雄？」

「對啊，媽咪說你生活得很辛苦。她想讓你活得輕鬆一點，讓你在適合人居的環境休息，你卻走到大多數人辛苦生活的地方，為了改善那邊的狀況。有人沒有自己的林間空地、常受威脅、不能隨心所欲地生活，我聽到時好難過。他們沒辦法自行覓食，而是必須……工作……對，是這樣說的。他們不能按照自己的意志行動，必須聽令於他人，才能拿到幾張紙——錢，然後用錢去換食物。他們只是稍微忘了用別的方式也能過活，忘記如何享受生活。而爸比你去了他們辛苦生活的地方，想要改善他們的環境。」

「是啊，我的確去了……所有地方都應該變好。那你現在對此有什麼規畫和準備嗎？要學很多東西吧。」

「爸比，我在學了。我很喜歡學習，也很努力呦。」

「你在學什麼？哪些科目？」

他又未能馬上明白我的問題，但後來還是回答我：

「整個科目一起學。只有追上阿納絲塔夏媽咪的速度，我才能馬上明白整個科目或所有科目。對，『所有科目』，這樣講比較正確。」

「什麼要追上媽咪的速度？」

「我的思考，但現在還沒辦法追到。媽咪的思考速度比我快，甚至比爺爺們和光線還快，只有祂的速度更快。」

「祂是誰？」

「神，我們的天父。」

「也是，當然。那你要努力，盡全力追上，兒子。」

「我會的，爸比，我會更努力。」

為了延續有關學習的話題，但得說出有智慧且有意義的話，我從背包隨手拿出一本書，那是給五年級學生讀的《遠古的歷史》。我告訴兒子：

「你看，瓦洛佳，這是現代人寫的其中一本書，書裡告訴小朋友：地球生命的起源、人類和社會的發展。內容有五顏六色的插畫和文字，描述人類的歷史。科學家這些聰明的人比別人厲害，他們在書裡介紹了地球原始人的生活。等你學會識字，就能從書裡學到很多有趣的知識。」

「我會識字了，爸比。」

「真的嗎？怎麼會的？媽咪教你的嗎？」

「阿納絲塔夏媽咪有一次在沙子上寫了很多字母，還教我怎麼發音。」

「你馬上把所有字母記起來了？」

「記起來了，字母沒有很多。看到字母這麼少，讓我很難過。」

起初我沒有特別注意他說的字母數量，只想聽他是否真會識字。我翻到第一頁，把書拿給他後說：

「你試著唸唸看。」

扭曲的歷史觀

他不知為何用左手接過打開的書，靜靜地看了文字好一陣子，才開口唸：

古代人的生活環境炎熱，沒有下雪和寒冬。人類習慣群居，不會單獨行動，科學家將此稱為「群體」。群體所有年紀的成員都要覓食，整天尋找可以食用的根類、野生果實和漿果，以及鳥蛋。

唸完這段文字後，他抬頭直視我的眼睛，一臉疑惑的樣子。我不懂他有什麼疑問，所以沒有說話。他開口時，語氣有點擔心：

「爸比，我的內心沒有出現畫面。」

「什麼畫面？」

「什麼畫面都沒有，不是壞掉了，就是無法呈現書中的內容。阿納絲塔夏媽咪或爺爺們說話時，我都能清楚感受到畫面。讀祂的書時，畫面還更清楚。但我從這本書只看到扭曲的畫面，還是說我內心的畫面壞了。」

「為什麼要有畫面？幹嘛浪費時間追求畫面？」

「真相會讓畫面自然而然產生……但現在沒有畫面，就表示……我試著驗證看看。書中描寫的人說不定沒有眼睛，畢竟他們一整天都在找食物？如果食物隨時都在他們周圍，為什麼還要花一整天的時間覓食？」

兒子開始做出難以解釋的行為。他突然閉上雙眼，用一隻手感受四周的小草，找到什麼後便拔起來吃。接著他站起身，仍然閉上眼睛地說：「還是說他們也沒有鼻子？」他捏住鼻子，走到離我十五公尺遠的地方躺下，繼續捏著鼻子，發出「啊——啊」的聲音。

周遭的一切似乎動了起來，幾隻松鼠迅速地從樹上跳下，張開爪子、抖開尾巴，彷彿降落傘似地跳到地面。牠們跑到躺在草地上的男孩旁，把某樣東西放在他的頭邊，跳回樹上後又像降落傘落到地面。

遠方的三匹狼也跑向躺在草地上的男孩，焦慮地圍著他繞圈。

灌木叢出現撥動樹枝的聲音，一隻小熊匆忙而蹣跚地走來，接著出現第二隻，身形較小但比較靈活。

第一隻熊聞了聞男孩的頭，舔起他的手，而男孩依舊捏著鼻子。灌木叢陸續出現幾隻身形有大有小的泰加林動物，牠們全都不安地圍著躺在地上的小小人類繞圈，似乎沒有注意到彼此的存在。牠們顯然不知道他怎麼了。

我一開始也不懂兒子奇怪的舉動，但後來猜到了。他在模仿失去視力和嗅覺而無助的人，嘴裡時不時發出「啊——啊」的聲音，讓周圍的動物知道他想吃東西。

松鼠依舊跑來跑去，把松果、乾香菇等食物堆在男孩旁的草地上。

一隻松鼠用後腳站立，前掌抓著松果，迅速地把松子咬出來。另一隻松鼠則咬開松子，把新鮮的果仁堆起來。

但男孩沒有去拿果仁，仍然閉著眼睛、捏著鼻子，躺在原地不斷發出貌似要求的「啊」聲。

此時一隻紫貂從灌木叢衝了出來，這隻美麗的動物擁有一身雍容華貴的絨毛。牠繞著躺在地上的男孩跑了兩圈，完全無視周遭的動物。牠們都在觀察男孩奇怪的舉動，沒有注意到紫貂。但牠突然停在松鼠從松果取出的新鮮果仁旁，甚至吃了起來，這讓其他動物有了反應。先是狼群齜牙裂嘴、豎起毛髮，原本搖晃身子的熊先是靜止不動，盯著貪吃的紫貂，接著用熊掌打牠的側腹。紫貂飛到一旁翻了過去，但馬上跳起身，敏捷地跑到躺著的男孩身旁，前掌放在他的胸膛。等到男孩再次張嘴發出「啊」聲，紫貂立刻靠近男孩張開的嘴巴，把剛剛咬過的食物放進他的嘴巴。

瓦洛佳終於坐起身，張開眼睛、放開鼻子，環顧四周仍在警戒狀態的所有動物，起身開始安撫牠們。

牠們接著按照只有自己知道的階級一一走到男孩身旁，每隻動物都有獎勵。瓦洛佳坐著輕拍狼群的鬃毛，雙手拍拍一隻熊的嘴巴，然後不知為何揉揉另一隻熊的鼻子。紫貂在男孩的腳邊翻滾，男孩用單腳輕輕壓住牠，等牠躺下後搔搔牠的肚子。

每隻動物獲得獎勵後，都立刻機靈地離開。

瓦洛佳從草地上撿起一把去殼的松子，給了松鼠某種暗示，應該是要牠們別再獻禮。男孩正在安撫其他動物時，松鼠仍不斷地帶食物來，但看到他的暗示後便停下腳步。

我的小兒子走了過來，伸手給我一把松子，對我說：

「爸比，我心中的畫面是這樣的：一開始住在地球上的原始人不用整天尋找和收集食物，完全不用去想覓食。爸比，對不起，你帶的書雖然是聰明的科學家寫的，但裡面的畫面和我的不一樣。」

「我明白，真的完全不一樣。」

我坐回小丘，瓦洛佳馬上坐在旁邊，開口問我：

「但為什麼不一樣，為什麼我的畫面和書裡出現的不同？」

我知道自己的思考速度已經勝於以往，卻仍想不透這本寫給小朋友的教材，為何會有這些毫無意義的內容。就算不懂野生環境的大人都能明白，溫暖的氣候（尤其是熱帶地區）擁有豐富多樣的食物，多到連長毛象和大象這種大型動物都不愁沒食物吃，小型動物也能溫飽。身為智能發展最好的人類卻得辛苦覓食，這聽起來真的難以置信。由此判斷，大部分研究歷史的人完全沒有思考歷史書背後的涵義，撰寫時沒有一點基礎的邏輯，一味接受自己收到的歷史資訊。

假設您現在告訴一個土地佔地六百平方公尺的夏屋小農，他的鄰居整天都在土地生長的作物之間走來走去，卻怎樣也找不到東西吃。說得婉轉點，他大概會覺得這個鄰居不正常、生病了吧。

同理可證，在泰加林成長的孩子嚐過各種植物和果實，當然也無法想像，為什麼這些食物近在咫尺卻還得費心覓食。況且，周遭的動物隨時都會為他效勞，讓他無需爬樹摘松果，甚至剝殼都不用自己來。

我之前還觀察到一個現象：阿納絲塔夏生活範圍的所有雌性動物，都把她的孩子視為己出。這個現象不是只有我發現，世上有很多動物將人類小孩撫養長大的例子。很多人肯定看過母狗餵小貓喝奶，母貓餵小狗喝奶。但動物對人有種特別的情感。

泰加林的動物都會區分自己的領域，而阿納絲塔夏的家族就住在這些領域，動物才對她有特別的情感。為什麼所有動物喜歡貼近人類，由衷希望為人效勞呢？為什麼每隻動物都要人類的愛撫？比方說，現代公寓養了不同的寵物，如貓、狗和鸚鵡，牠們無不渴望獲得人類的關注，將他們的愛撫當作最大的獎勵。看到他們比較關心其他寵物，還會心生嫉妒。我們將此視為理所當然，換到泰加林卻覺得不太尋常，但事實上這是同一個奇特的現象：所有動物都渴望獲得人類散發的有益隱形光線，或者稱為感覺、某種光輝。這種毫無爭議的事實如何稱呼並不重要，重要的是，它確實存於大自然中，所以有必要深入瞭解。這是天生的嗎？還是人類幾百年來訓練動物的成果？很有可能是人類訓練了所有動物，畢竟現在各大洲成千上萬種動物和鳥類都會為人服務，知道自己的主人是誰，像是印度的大象和猴子、中亞的駱駝和驢子，以及幾乎遍佈全球的狗、貓、牛、馬、雞、鵝、老鷹和海豚。這裡實在難以一一點出，但重點在於牠們效忠於人類，這種現象幾乎人盡皆知。但這是從什麼時候開始的？三千年前？五千年或一萬年前？還是造物者當初創造自然時就想好了？答案應該是後者，畢竟聖經寫道：「決定每種生物的使命。」所以，如果這在一開始就已想好並實現，人類實際上根本不會有覓食的問題。

但為什麼我們寫給小孩和成人的歷史書卻完全相反？不是只有我們國家如此，世界各地的人都被灌輸這種荒謬的觀念。弄錯嗎？應該不是！背後肯定有比一時弄錯更關鍵的原因。早有預謀！如果這對某人有好處的話，那會是誰？有何目的？如果用別的方式描述歷史、寫出真相，會怎樣嗎？如果全世界的教材都這樣寫：「最初活在地球的人完全不用擔心食物，四周充滿各種最好且有益健康的食物。」但如果這樣寫……很多人的心中就會出現一個問題：這些豐餘的食物到哪兒了？為什麼現代人被迫像奴隸般工作，只為了求一頓溫飽？他們接下來更會問：現代人類社會的發展有多完美呢？

我現在要怎麼回答兒子，解釋這些「聰明人」為何寫出如此荒唐的教材，以及熱帶地區的人為何整天都在覓食。兒子生活在泰加林裡，周圍都是忠心耿耿的動物，自然不明白這些「聰明人」所寫的書。

我記得阿納絲塔夏說過：「**真相如何，只有靠內心去體會。**」為了自圓其說，我告訴兒子：

「這不是一本簡單的書，你必須用內心的畫面驗證書中的內容。為什麼作者要寫你已有清楚畫面的事實呢？書中的事實顛倒，所以你要根據內心的畫面判斷何者為真、何者為假。閱讀時就要更專注，你明白我說的話嗎，瓦洛佳？」

「爸比，我會試著瞭解為什麼書裡寫的不是事實，只是現在弄不明白。我知道有些動物會用尾巴抹除蹤跡、築假巢，甚至設陷阱，但人類為什麼需要這些手段？」

「我跟你說，這是為了人類的發展。」

「難道不能靠真相發展嗎？」

「應該可以……但會有不同的結果。」

「爸比，你生活的地方是靠真相發展，還是謊言？」

「人類嘗試各種有效的方式發展，包括真相和謊言。話說回來，瓦洛佳，你常讀書嗎？」

「每天都讀。」

「什麼書？誰給你的？」

「阿納絲塔夏媽咪給我讀爸比你寫的所有書，我很快就讀完了，但我每天還會讀其他書，書裡有很多種開心的字母。」

我一開始其實沒有留意，他提到有很多種開心字母的怪書。

你愛媽咪，只是你不知道

我的腦中閃現一個可怕的猜想：「如果兒子讀過我的所有書，一定很清楚我和阿納絲塔夏認識的前幾天，我是如何對待她；他一定知道，我是如何侮辱她，甚至想拿木棍打她。一個深愛母親的孩子，怎麼可能原諒母親受辱？只要想到書的內容，他對我一定都有不好的印象。阿納絲塔夏為何要給他看我寫的書？或許根本不該教他讀書，否則也要把寫出我惡行的那幾頁撕掉。」我心中懷有最後一絲希望，小心地問瓦洛佳：

「所以說，瓦洛佳，你把我寫的書都看完了？」

「是啊，爸比，都看完了。」

「所有內容都懂嗎？」

「沒有全部讀懂，但阿納絲塔夏媽咪會解釋我不懂的地方讓我明白。」

「她解釋了什麼？你可以舉一個你不懂的地方嗎？」

「可以。我一開始不明白，為什麼你對阿納絲塔夏媽咪生氣，還想打她。她是個非常善良又漂亮的好人，她很愛你。如果你罵她，表示你完全不愛她，但媽咪後來有跟我解釋。」

「什麼？她解釋了什麼？」

「阿納絲塔夏媽咪跟我說你有多愛她，只是你不知道。但就算你沒有意識到這份愛，你回到人類難以生存的地方時，還是完成了媽咪的心願。她說爸比你原本用你認為最好的方式行事，但想到媽咪後，就寫了一本深受大家喜愛的書。大家開始寫詩作曲、思考如何行善，現在有越來越多人有好的思想，表示地球終將充滿良善。你因為這本書遭人指責、嫉妒，但爸比你繼續寫書，寫了一本又一本。某些人仍然大力抨擊你，但你和那些讀懂書的人見面時，開始聽到他們如雷的掌聲。他們感受到愛的能量正在幫助你寫書，雖然你還沒體會到這種能量。接著我出生了，因為你很想見到我，愛也是。爸比你想讓世界更好、迎接我的誕生，所以寫了好幾本書，但等到我出生時，你來不及把世界準備好，因為世界太大了。阿納絲塔夏媽咪說，我要配得上你和這個世界，我要長大、明白萬物。媽咪還跟我說，她從來沒有對你生氣，她一開始就感受到愛的能量。阿納絲塔夏媽咪後來讀了一本書給你聽，這本書是由開心的字母組成。她沒有把整本書讀完，但她讀到的部分，你都能用大多數人理解的文字寫出來，而且幾乎全部都寫對了。」

「哪本書？媽咪唸給你聽是什麼意思？那本書叫什麼？」

「那本書叫《共同的創造》。」

「《共同的創造》？」

原初之書

「對，《共同的創造》。我每天都很喜歡讀，但不是讀你所寫的字母，爸比。媽咪教我用不同的字母讀這本書，我喜歡各種不同的開心字母。這本書可以讓我讀一輩子，內容應有盡有。很快就會有新書問世，爸比你會描述這本新書。」

「瓦洛佳，你說錯了，應該要說『寫』新書。」

「但爸比你的第九本書不是由你來寫，而是由很多大人小孩共同創作。那會是一本有生命的書，包含很多美麗的章節──天堂般的家園。大家會在地球上用天父開心的字母寫這本書，成為一本永恆的著作。媽咪教我閱讀這些有生命而永恆的字母，還教我怎麼用這些字母造詞。」

「等等，」我打斷兒子，「我得思考一下。」

他馬上恭順地安靜下來。

「太不可思議了！」我想，「也就是說，阿納絲塔夏在泰加林這裡有一本古老的書，而且是以無人知曉的字母寫成。她知道這些字母，還教兒子如何以此造詞及閱讀。她對我唸了這本書的幾個章節，讓我寫成《共同的創造》。唸出有關神創造地球和人類的章節，我把它寫了下來。兒子說我的書是這樣寫成的，但我從未看過阿納絲塔夏手裡拿著任何書。兒子說，她為我翻譯了這本書的字母，我得試著藉由兒子瞭解一切。」

於是我問他：

「瓦洛佳，你知道世界上有很多種語言嗎？像是英文、德文、俄文、法文等等。」

「我知道。」

「這本媽咪和你都懂的書是用什麼語言寫的？」

「這本書是用自己的語言寫的，但可以用任何語言讀出它的字母，而且可以翻成爸比你講的語言。但不是所有文字都能翻譯，爸比語言的字母太少了。」

「你說有很多種開心字母的這本書，可以拿給我看嗎？」

「我沒辦法把整本書拿給你看，爸比，只能帶一些比較小的字母。不過為何要帶走呢？這些字母最好留在原地。爸比如果你想看，我可以在這裡唸給你聽，只是我沒辦法唸得跟媽咪一樣快。」

「就盡量唸吧。」

瓦洛佳站起身，指著某個地方，開始唸出《共同的創造》中的一段文字：

宇宙本身就是思想，從思想再生出夢想，而部分的夢想是看得到的實體……我的兒子，你是無限，你是永恆，在你裡頭，是你具創造力的夢想。

他一個音節一個音節地朗讀，我則一直觀察他的表情，發現他的臉會隨著每個字變化，一會兒驚訝，一會兒專注，一會兒開心。但我看向他所指的地方，沒有看到任何字母，更別說音節了，於是我打斷他奇怪的朗讀：

「等一下，瓦洛佳，你是憑空看到字母嗎？為什麼我看不到？」

他驚訝地看著我，沉思了片刻，猶豫地問：

「爸比難道你看不到那邊的樺樹、松樹、雪松和花楸樹嗎？」

「我看到了，但字母在哪裡？」

「那些就是字母呀，我們的造物者用它們來寫作！」

他繼續一個音節一個音節地唸，同時指著不同的植物。我才發現一個不可思議的現象，原來我和兒子坐在湖邊的整座泰加林，也就是我和阿納絲塔夏多次見面的這座，長滿各式各樣的植物。每種植物的名稱都是以某個字母開頭，有些植物還有好幾個名稱。每個名稱、每個字母，依序組成音節、詞和句子。我後來發現，在阿納絲塔夏林間空地周圍的泰加林裡，所有樹木、灌木和小草不是混亂無序地生長，遼闊的空間寫著一個個有生命的「植物字母」。這本不可思議的書似乎可以讀到永遠，同樣的植物名稱如果由北往南讀，會組成一組詞和句子，由西往東讀則有不同結果；繞圈依序唸出，還會有第三種結果；依著陽光照射的方向唸出，植物名稱更會形成不同的詞、句子和畫面，陽光如箭頭指著不同的字母。我終於明白，為何瓦洛佳將此稱為開心的字母。一般書籍的印刷字母幾乎大同小異，但如果把植物視為字母，即便是相同的植物，每次都會有不同的結果。在不同的陽光照射角度下，這些植物以葉子的簌簌聲與人類打招呼，真的可以看著它們直到永遠。

不過是誰寫了這本獨一無二的書？何時寫成？又花了多少世紀？阿納絲塔夏的歷代祖先嗎？還是另有其人？後來，我才聽到阿納絲塔夏一個簡短扼要的回答：「**數千年來，我的歷代祖先保存了這本書中字母的原始順序。**」

我看著兒子，急於尋找兩人可以完全達成共識的話題。

一加一等於三

算數！數學！這種精確的科學不可能再有歧異，如果阿納絲塔夏教過兒子算數，這個話題就不可能有衝突或優劣的問題。二乘以二一定是四，這在任何語言、任何時間都是如此。我對這個點子沾沾自喜，帶著希望地問：

「瓦洛佳，媽咪有教你算數嗎？像是加法和乘法。」

「爸比，有。」

「很好，我住的地方有一種非常重要的科學叫數學，很多事情仰賴於計算和統計。為了方便加減乘除，人類發明了很多不可或缺的工具。我帶了一個叫做『計算機』的工具給你。」

我拿出一台日本製造的太陽能袖珍計算機，開機後給兒子看。

「你看，瓦洛佳，這個小機器可以做很多事。比方說，你知道二乘以二等於多少嗎？」

「爸比你希望我說四嗎？」

「沒錯，就是四。但重點不是我要你說什麼，答案就是這麼精確，二乘以二一定等於四。這台小機器也會算數。你看螢幕，如果我按二，螢幕就會出現數字二。現在按下代表乘法的符號，再按一次二，最後按下等號，就會知道答案。你看，螢幕上出現數字四。不過這只是非常簡單的算術，這台小機器可以做到人類能力之外的計算，例如：一百三十六乘以一千一百三十六。我只要按下等號，就能知道答案。」

「十五萬四千四百九十六。」瓦洛佳回答，比計算機還快。

我接著開始乘以和除以四位數、五位數和六位數，但兒子總是比計算機快，毫不費力地算出答案。與計算機比速度變成遊戲，但兒子似乎不感興趣。他只是把數字說出來，腦中卻是想其他的事。

「你怎麼辦到的，瓦洛佳？」我驚訝地問，「是誰教你這麼快的心算法？」

「我沒有在算，爸比。」

「沒有在算？什麼意思？你有說出數字，回答我的問題呀！」

「我只是把數字說出來，因為這在沒有生命的算法中永遠不會改變。」

「你是要說精確的算法嗎？」

「也可以這樣說，不過大同小異。如果把時間和空間視為不動，數字就永遠不會改變。

但時空永遠都在流動，數字也會因此改變，這樣算數比較有趣。」

瓦洛佳接著開始說出各種難以置信的公式和運算法，完全超出我的理解範圍。我只記得公式很長，似乎沒有結尾。他生動地說出運算的結果，但都只是過渡。每次說出一個數字，他又會興奮地補充：「加上時間的互動，這個數字又會產生……」

「等一下，瓦洛佳。」我打岔，「我不明白你的算法。一加一永遠等於二，不然你看，我拿一根樹枝。」

我在地上撿了一根小樹枝放在兒子面前，然後把第二根放在旁邊，問他：

「這裡有幾根樹枝？」

「兩根。」瓦洛佳回答。

「你看吧，一定是二，在任何算法中都是二。」

「可是在有生命的算法中會有不同的答案，爸比，我看過。」

「你看過？什麼意思？你能用手指比出不同的算法嗎？」

「好，爸比。」

他把小手伸到我的面前，握起拳頭開始示範。他先伸出一根手指說：「媽咪。」伸出第二根手指說：「加上爸比，生出了我。」同時比出第三根手指。「你看有三根手指，如果只有二的話，就要拿掉一根，但我都不想拿掉。我還想要更多，這在有生命的算法中是有可能的。」

我也不想從這三根手指拿掉任何一根，就讓他說的這個有生命而特別的算法留著，讓答案越來越多吧！太神奇了！一加一等於三，簡直不敢置信。但話說回來，最讓我無法理解的還是這座由生命字母構成的「泰加林書」。

要讓一個宇宙女孩幸福

我看著年幼的兒子，他已能閱讀，還向我展示這本全世界最生動而獨特的書。我知道自己要花很久的時間才能把它讀完，還得知道所有植物的名稱。但這本書的存在——兒子說它是由很多種開心的字母寫成，而且兒子未來會一直讀它——不知為何讓我的心情很好。但接下來呢？他長大以後呢？他說：「我長大後要變成你，爸比。」這就表示他要走入我們的世界，一個充滿戰爭、吸毒、幫派和汙水的世界。他為何想來？但他似乎做了準備，長大後想走入並改善我們的世界。我想知道他想做什麼，於是問他：

「瓦洛佳，你長大後會覺得哪種工作或任務比較重要？」

「阿納絲塔夏媽咪跟我說過，長大後最重要的任務是……讓一個宇宙女孩幸福。」

「誰？什麼宇宙？什麼女孩？」

「地球上生存的每個女孩都是宇宙的化身，我一開始不明白這點，但後來讀書後就懂了。每個女孩都和宇宙類似，體內都有所有宇宙能量。宇宙女孩必須幸福，所以我要讓其中一個宇宙女孩幸福。」

「你長大後要怎麼實現這個目標？」

「我會去眾人生活的地方找她。」

「找誰？」

「女孩。」

「她一定美貌出眾吧？」

「或許吧，但也可能有點憂鬱，不是所有人都覺得她美。她的身體可能不好，爸比你住的地方有很多人因為不適的生活環境而生病。」

「為什麼你會選不是最漂亮、最健康的女孩？」

「爸比，我會讓她成為最漂亮、最健康、最幸福的宇宙女孩。」

「但要怎麼辦到？雖然你那時候已經長大，說不定也學會讓另一半幸福，但瓦洛佳，你對我居住的世界不甚瞭解……結果可能變成你所選的女孩根本不想跟你講話。你知道現代的女生都注意哪種人嗎？你不知道吧，讓我告訴你。女生無論漂不漂亮、健不健康，首先注意的都是有錢有車、穿得體面、有社會地位的人。當然不能以偏概全，但大部分的女生確實如此。你要怎麼賺很多錢？」

「很多是多少，爸比？」

「舉例來說，至少要一百萬吧，而且最好是美金。你知道貨幣單位嗎？」

「阿納絲塔夏媽咪跟我說過不同的鈔票和錢幣，她說大家會拿衣服、食物和各種東西換錢。」

「沒錯，那你知道錢從哪裡來嗎？想要賺錢，就得工作。而且如果想要賺大錢，光工作是不夠的……還要做生意或發明東西。瓦洛佳，像你可以發明大家欠缺而需要的東西嗎？」

「爸比，大家現在最缺什麼發明？」

「缺什麼呀？什麼都缺，比方說很多地區都有能源危機、電力不足的問題。大家不想建造核電廠，因為有爆炸的風險，但沒有發電廠又不行。」

「核子？是那種輻射會殺死人類和植物的核子嗎？」

「你知道輻射？」

「知道，到處都有輻射，這是一種有益且必要的能量，只是不能把大量的輻射集中一處。爺爺曾經教我如何控制輻射，但不能把方法講出來，有些人會把好的輻射做成武器殺人。」

「是啊，最好不要講出去。你應該可以發明一些東西，為自己的女孩賺很多錢。」

「應該可以吧，但金錢無法讓人幸福。」

「那你覺得什麼可以讓人幸福？」

「自己創造的空間。」

我想像年幼的兒子長大後雖然單純，但懂很多奇特的事情和現象，甚至可以操控輻射。然而，他對我們社會的險惡來說，仍太天真了，還想找一個女孩讓她幸福。他會努力讓自己表面上無異於他人，阿納絲塔夏從泰加林走入人群時也是這樣。他不會強出風頭，但終究無法完全像其他人一樣。他會做好準備、汲取大量知識，努力保持身體健康，全都是為了一個女孩。我認為阿納絲塔夏會讓兒子有能力做大事，為此傳授自己的知識和能力。但是現在，兒子把只讓一個女人幸福視為男人的終生大事，認為每個女人都是全宇宙的化身，但真的是這樣嗎？這是一個不正常的道理，但我的兒子對此深信不疑，把只讓一個女孩幸福視為終生大事，為一個他甚至還不知道是誰的女孩。她或許根本還沒出生、才剛會爬或剛學走路。說不定沒有女人會想愛他，或更明確地說，沒有女人有能力愛他吧？

如果他完成對方的夢想、為她賺錢，她一開始也許還會假裝愛他。唉，我們的社會太多這種女人了！她們甚至會為了錢嫁給老人，知道如何假裝深愛對方。

我的兒子長大後，就會遇到這種女人，替她完成很多願望。她會說自己愛他，但如果他開始說要創造愛的空間、種植花園，對方會有什麼反應呢？他會被笑嗎？會被當成瘋子嗎？還是對方可以理解？或許有人可以懂他……但最好還是讓他有最壞的打算。

「瓦洛佳，你知道嗎，如果你找到這個女孩，讓她健康美麗、成為你眼中最漂亮的女人，仍有可能遇到出乎預料的結果。我們社會最漂亮的女人都想當模特兒、演員或進演藝圈，喜歡身邊的所有男人讚美她們。所以你想想看，女人想在人群面前展現雍容華貴的樣子，你卻開始向她提議創造愛的空間。她可能會聽你說，但也僅止於此。她會離開，走進鎂光燈、讚美和掌聲之中，甚至……但願不會這樣，把孩子留給你照顧，到時你該怎麼辦？」

瓦洛佳毫不猶豫地回答：

「到時我可以獨自創造空間，先是自己一人，然後有她留給我的孩子，兩人一起在這個空間將愛保留下來。」

「為誰保留？」

「為自己，爸比，還有為你說那個迎向人造光線的女孩。」

「但為什麼你要為她準備或保留愛的空間？你不覺得自己很天真嗎？應該去找另一個伴，下次謹慎一點。」

「如果去找另一個伴，誰要讓這個離開的女孩幸福？」

「讓有意願的人去啊，為何對她如此執著？她走了就不會回來。」

「她會回來，看到美麗的樹林和花園。我會讓所有動物效忠並服侍她，這個空間的萬物將會真心愛她。她或許回來時會很疲憊，但用乾淨的水泡澡、好好休息後，會變得更漂亮，再也不想離開自己的愛的空間——我們的空間。她會變得幸福，天上的星星會更明亮、開朗。但爸比你如果一開始不去想她離開的情況，她也不會離開。」

「我？是我想的？」

「是啊，爸比。你剛剛確實這樣說過，是你的思想造成的。人類會用思想創造各種情況，而你就這樣創造一個了。」

「但你的思想難道不能改變情況嗎？不能對抗我的思想嗎？你說你的思想幾乎和阿納絲塔夏一樣快。」

「可以對抗。」

「那就做吧。」

「爸比，我不想用我的思想對抗你的，我會另尋他法。」

如何消弭代溝？

我沒辦法再和兒子溝通下去，他總是把我說的話與他的畫面比較，輕易地判斷真偽。甚至歷史學家所寫的教材都被他一一反駁。父親對兒子毫無高高在上的感覺，這次的對話沒有讓我更有威嚴，反而破壞了阿納絲塔夏為我樹立的形象。此外，他對思想力量的莫名自信讓我訝異，進而對他產生距離感。我們有如天壤之別，沒有父子之間該有的互動。我感覺不到他是我的親生兒子，比較像是完全不同的個體。我們沉默不語。我突然想起阿納絲塔夏的話：「與孩子相處必須真心誠意。」我對這種無助的情況甚至感到生氣：「真心誠意？」我試過了，但結果呢？如果完全真心誠意……在這種情況下，就得說出不中聽的話。我於是一口氣地說：

「瓦洛佳，如果要完全說真話，我們之間沒辦法有父子的對話。我們很不一樣，我們的概念、資訊和知識天差地遠，我感覺不到你是我的兒子，我甚至不敢碰你。在我們的世界裡，父親可以疼惜孩子，也可以要他聽話而懲罰他、打他，但我無法想像我們有這樣的關係，我們之間有個無法消弭的代溝。」

我說完後坐了下來，不知道還能說什麼。我看著若有所思的小兒子，他的想法真是古怪！

他甩著捲髮轉頭看我，又先開口跟我說話，但是這一次，我感覺到他的語氣有些難過：

「爸比，我和你真的有代溝嗎？你說很難把我當成親生兒子看待嗎？你在另一個世界待了很久，那裡的一切都和這裡有些不同。爸比，我知道那裡的父母有時會打自己的小孩……一切都有一些差異。爸比，我在想……一時在想……」

他迅速起身，跑到旁邊拿回一根乾掉的針葉樹枝，伸手要拿給我：

「爸比，你拿這根樹枝打我吧。你在另一個世界待了這麼久，就用那裡懲罰小孩的方式打我吧。」

「打你？為什麼？為什麼你會有這個想法？」

「爸比，我知道在你久居的世界裡，父母只會懲罰親生的小孩。我是你的親生兒子，爸比，所以你打我吧，這樣才會覺得我是你的親生兒子，或許這樣你會比較好過。但別打這隻手和腳，這隻手不會痛，這隻腳沒有知覺，現在都有點麻麻的。其他部位都會痛，只是我應該無法像小孩那樣哭，我從來沒有哭過。」

「說什麼話！鬼扯！在你所謂的另一個世界裡，沒有人會毫無來由地打小孩。父母的確會懲罰小孩，稍微打他們一下。但只有孩子不聽話、做了不該做的事時，才會挨打。」

「是啊，當然，爸比。父母認為孩子做錯事時才會打他們。」

「正是如此。」

「所以爸比，你就想一下我有什麼地方做錯。」

「什麼意思？你要我想？做錯事時，大家都明白那是錯的，不用特別去想是對是錯。所有人都要知道那是錯的。」

「被打的小孩也要知道嗎？」

「也要知道。之所以打他們，就是要讓他們明白自己錯在哪裡。」

「挨打之前不明白嗎？」

「顯然不明白。」

「跟他們解釋後，還是不明白嗎？」

「不明白，他們會一錯再錯。」

「解釋不清楚的人沒有錯嗎？」

「呃……沒有……你又完全誤解我的意思了！」

「太好了，既然我不明白，你就可以打我了，這樣我們之間不會再有代溝。」

「噢，為什麼你就是不懂？懲罰是有先決條件的，舉例來說……像是……媽咪嚴厲地告訴你：『瓦洛佳，不能這樣。』你卻無視她的警告，執意做了好幾次。這樣你懂了嗎？」

「懂了。」

「你有做過媽咪不准你做的事嗎？」

「有，做過兩次。但不管阿納絲塔夏媽咪怎麼禁止，我還是會繼續做。」

我和兒子的對話持續與我之前設想的計畫不同，我無法呈現當代的文明社會，也就沒辦法以正面的方式介紹自己。我對兒子最後說的那些話感到氣憤，於是用力打了樹幹一拳，告訴他……其實比較像是對自己說：

「在我們的世界裡，不是所有父母都會懲罰孩子，很多人反而積極尋找正確的撫養方法。我也曾試著尋找，但遍尋不著。上次來泰加林找你們的時候，你還很小。我一直很想抱你、把你緊緊擁入懷中，阿納絲塔夏卻說：『不能打斷孩子思考，即使只是摸他也不行。孩子的思考是非常重要的過程。』所以我只能從旁觀察，你也隨時都很忙的樣子。現在見到你後，卻不知該怎麼跟你說話。」

「爸比，難道你現在不想抱我嗎？」

「我想，但我不能，我的頭腦被各種撫養方法搞得一團亂。」

「那我可以抱你嗎，爸比？畢竟我們現在的想法一致。」

「你？你也想抱我嗎？」

「對，爸比！」

他朝我走近一步，我緩緩地跪下，卻一屁股坐到地上。他的一隻手緊緊勾住我的脖子，頭靠在我的肩膀上。我聽到他的心跳聲，我的心跳也開始加快而不規律，甚至差點難以呼吸。過了幾秒到一分鐘，我的心跳突然開始回復正常，感覺與另一顆心臟同步跳動。我開始呼吸得很輕鬆，感覺到不同的狀態……我突然想要開口或大叫：「周遭的萬物真是清新！人類的生命真是美好！謝謝這個世界的創造者！」我還想講其他好話，但都藏在心裡。我摸起兒子的頭髮，不自覺地喃喃低語問他：

「兒子啊，告訴我，你做了哪些媽咪禁止但你會繼續做的事？」

「我有一次看到阿納絲塔夏媽咪……」瓦洛佳一開始也低語回答，頭依舊靠在我的肩膀上。「有一次我看到……」他這時把我推開，坐在地上摸起小草。「小草感覺良好時，會一直是綠色的。」

他沉默了一陣子，才抬起頭繼續說。

我要拯救媽咪

「我有一次很久沒有看到媽咪，開始想她去了哪裡。我覺得她去了隔壁的林間空地，那邊的空地跟我們的一樣，只是沒有這麼好。我走到隔壁的空地，看到媽咪躺在地上一動也不動，全身發白，周圍的小草也變白了。

「我一開始站在原地心想：『怎麼回事？媽咪的臉和周圍的小草不應該變成白色的。』我後來決定伸手去摸媽咪，她費力地睜開雙眼，但仍無動靜。我抓著她的手，把她從蒼白的草地拖出來。她用另一手幫我，最後一起離開蒼白的草地。

「媽咪恢復正常後，告訴我如果再有這種情況，絕對不能碰她。她可以自己處理，我應付不來。走進蒼白的草地把媽咪拖走後，我的單邊手腳一直麻麻的，過了很久才復原。媽咪恢復地很快，但我的手腳必須休息很久。

「我後來又看到媽咪躺在同樣蒼白的草地……她的全身發白，但我沒有伸手去碰媽咪。我大聲呼叫小時候和我睡在一起的強壯母熊，請牠把媽咪拖出來。牠走進那圈草地後卻倒下來，失去了性命，獨留小熊活在世上。

「母熊走進蒼白的草地後當場死亡，那個圓圈裡面的一切都會死亡。

「於是我又擅自走進蒼白的草地，準備把阿納絲塔夏媽咪拖出來。我們奮力地爬出小草死光的地方。我的手腳不像第一次那樣很麻，只是全身有點發抖，但現在不會了。你看，爸比，我的身體不會發抖，聽我的話了。我的手很快就能活動自如。現在能稍微抬高了，之前完全不行。」

我驚訝地聽著兒子的故事，記得自己也曾看過阿納絲塔夏遇到一樣的情況，當時同樣出於直覺地把她拖離蒼白的草地。我還記得老哲學家尼可拉·費奧多羅維奇曾說過這種現象。

但為什麼她甘冒風險？還讓兒子陷入危險？難道她一定要在體內燃燒朝她而來的隱形能量嗎？

電視多次報導各地出現某種幾何對稱的怪異圓圈，而且大部分都在麥田。有人在常見的麥田觀察到，一圈麥稈倒下，但不是隨機倒下，而是倒向同個方向，形成幾何圖案。科學家研究這種神祕的現象，至今仍找不到合理的解釋。阿納絲塔夏的情況也是一圈小草倒下，但除了電視報導的現象以外，這圈小草甚至變白了，彷彿缺乏陽光照射。

阿納絲塔夏說那是人類產生的負面能量。假設她所言不假，但為什麼這種能量要朝她而去？是什麼人將此對著她？我想到忘我，不經意地說：

「為何她要與這種能量搏鬥？這對誰很重要？對誰有好處？」

「所有人都能獲得一點好處。」我聽到兒子的聲音，「媽咪說，如果這種邪惡的能量減少，如果她能在體內燃燒而削弱這種能量，而不是讓它反射到周圍的空間，它就會減少。同時也讓製造這種能量的人變成更好的人。」

「帶我去看這種蒼白的草地吧，總共有幾個？在哪裡？」

「我們的林間空地旁邊有個很小的空地，那裡時常出現蒼白的草地。那邊的白草會變回綠色，但現在還沒全綠，還看得到一圈圈白色的草。如果你想看，我帶你過去。走吧，爸比。」

「走吧。」

我迅速起身，牽起兒子的手。他的小腳快步地往前，但我發現他走路有點跛腳，於是我試著放慢腳步。

瓦洛佳時不時盯著我的眼睛，一路上都在跟我講話。但我的腦中只有那些奇怪的白色圓圈、阿納絲塔夏難以解釋的行為，以及背後的原因，一心都在思考這個奇特的現象。

為了跟上話題，我問他：

「瓦洛佳，為什麼你有時叫她媽咪，有時叫她阿納絲塔夏媽咪？」

「我知道之前很多活在世上的媽咪，阿納絲塔夏媽咪跟我說過她們。我可以叫她們祖母或曾曾祖母，但也可以叫她們媽咪。祖母生出媽咪，所以她們也叫媽咪。我能感覺和看到她們。聽到她們的故事時，我會有畫面，有時還能自行想像。但為了不要搞混，我有時會叫媽咪『阿納絲塔夏媽咪』。所有媽咪都很好，但對我而言，阿納絲塔夏媽咪是最親近、最好的人，她比花和雲漂亮。她風趣又開朗，希望她永遠都在。只要我的思想能夠趕得上，我就能隨時把她帶回來……」

我沒有認真聽到最後，不知道他想表達什麼。走到小林間空地時，我看到四圈蒼白的草地，直徑各約五六公尺。其實不太容易看到，但其中一圈特別蒼白，應該是不久前才形成。我終於明白為何阿納絲塔夏沒來迎接我，而且現在不在我身邊。她現在應該筋疲力盡地躺在某處，不希望我可憐她或看到她的模樣而難過。

我看著眼前蒼白的草地，腦中的思緒迅速地交織。很多人遇上不愉快的事時，臉色會自然而然變白。如果有人突然直接對你生氣，幾乎所有人都會臉色蒼白。但在這裡呢？難道距離遙遠，也能感覺得到嗎？人類大量的仇恨能量真的可以聚集嗎？能量大到不只人類，連周圍的植物也會變白嗎？現在看起來是真的，這些就是萬惡的意圖留下的痕跡。我又想起阿納絲塔夏說過的話，我寫在第四本書中：「世上的一切憤怒，停止你們的所作所為，來我這邊試著與我拚搏吧……我隻身迎戰你們，來打贏我吧！全都一起過來擊敗我！這將會是沒有鬥爭的鬥爭。」我當時以為她只是說說，沒想到卻是真的。真的如她預期，現在有了書、吟遊歌者的歌曲、詩作等等。她確實不是說空話，但她為什麼要說「這將會是沒有鬥爭的鬥爭」？結果她卻試著在體內燃燒仇恨，隻身面對敵人！我覺得有必要擊垮敵人！讓他們的嘴臉……她卻獨自面對，不能這樣！妳不會是一個人，阿納絲塔夏！我至少可以……替妳迎戰一些醜惡，與它拚命。噢，真希望自己講話能和她一樣，就能告訴敵人……我似乎過於激動而突然開口：

「你們這些醜惡的敵人，盡量放馬過來，我至少會把部分的你們燒毀！」

小弗拉狄米爾突然放開我的手，跑到前方驚訝且專注地看著我的眼睛。他接著重踩地面，抓住受傷的手，高舉雙手模仿我的語氣大喊：

「你們這些醜惡的敵人，放馬過來吧。我的手就快好了，阿納絲塔夏媽咪不再是一個人，我也在！我的思考會越來越快。你們這群醜惡的敵人，放下你們手邊的事，立刻過來跟我一較高下。看看我現在已經長大了。」

他踮起腳尖，試著把手舉得更高。

「我的戰士真是光榮、勇敢又有毅力，你們要與誰一較高下呀，兩位勇士？」我依稀聽到阿納絲塔夏的聲音。

我轉身看到阿納絲塔夏坐在雪松下，頭靠在樹上。她看起來很累的樣子，累到把頭靠在樹上，甚至雙手放在地上，肩膀無力地垂著。她的臉色蒼白，眼神低垂。

「爸比和我要起身對抗醜惡的敵人，媽咪。」瓦洛佳替我回答。

「但要對抗醜惡的敵人，必須知道他們在哪裡、是什麼型態。你必須知道關於敵人的一切。」阿納絲塔夏吃力而小聲地說。

「媽咪，妳先在原地休息，我和爸比會試著想像。如果做不到，妳再告訴我們。」

「兒子，爸比走了大老遠的路，先讓他休息吧。」

「我休息過了，阿納絲塔夏，幾乎不累了。妳好啊，阿納絲塔夏，妳過得如何？」

看到她一臉無助的樣子，我不知為何傻在原地，不知該做什麼或說什麼，所以說出無關緊要的問候。瓦洛佳走到我身邊，牽起我的手，繼續對她說：

「爸比大老遠跑來，我會給他吃點東西，和他一起在乾淨的湖裡泡澡，然後收集用來淨化的小草。媽咪妳先在這裡休息，不要浪費力氣講話，所有事情我自己一個人可以辦到。爸比和我待會兒會再過來，希望妳快點恢復體力……」

「我要跟你們一起泡澡，等我，我要去。」

阿納絲塔夏雙手撐著雪松樹幹試圖起身，但她的身體只起來一點，手掌就沿著樹幹滑落，無助地坐回地上。她用微弱的聲音說：

「噢，我是怎麼回事？竟然沒力氣迎接兒子和愛人？」

她又靠著雪松樹幹，開始吃力地從草地上起身。她這次大概又沒辦法站起來，但周遭忽然出現難以置信的現象。阿納絲塔夏倚靠的高大雪松突然將較低樹枝的針葉伸向她。

往下延伸的針葉開始發出微弱的淡藍色光線，幾乎看不見的光線緩緩地籠罩阿納絲塔夏。接著上方傳來一聲霹啪聲，像是站在高壓電線底下可以聽到的那種聲音。我抬頭一看，發現周圍所有雪松的針葉也發出微弱的淡藍色光線。不僅如此，這些針葉全部朝向阿納絲塔夏依靠的雪松。那棵雪松正用上方的針葉接收其他雪松的光線，下方針葉的光線因此越來越亮。這個現象持續了兩分鐘，接著出現淡藍色的閃光，雪松的針葉便不再發亮。那些針葉看起來有點枯萎。淡藍色的光線持續籠罩阿納絲塔夏，讓人幾乎看不到她的身影。等到光線消散（或說進到她的體內），啞口無言的我看到……

阿納絲塔夏變回原來的樣子，恢復活力而顯得出奇地漂亮。她站在雪松樹下對我和兒子露出微笑。她抬起頭輕聲地說：「謝謝。」然後……您能想像一個成年女子這樣嗎？

阿納絲塔夏稍微跳了起來，輕快且敏捷地跑到最大圈的白草。跑到圓圈邊緣時，她又跳了起來，不過這次很高，在空中翻了三圈後，落到圓圈的中心。她又往上跳，有如芭蕾舞者般在空中劈腿。她發出宏亮又迷人的笑聲，在蒼白的草地上不停地旋轉跳舞。

周圍的樹林彷彿動了起來，回應她開心又興奮的情緒。松鼠繞著林間空地在樹枝間跳躍，灌木叢間可以看到某些動物明亮的眼睛。兩隻大鷹依序俯衝而下、貼地盤旋，然後振翅高飛，就這樣一下一上好幾回。

阿納絲塔夏像個體操選手和芭蕾舞者，笑容滿面地手舞足蹈。腳下的小草漸漸變綠，甚至原本最白的地方都快看不見了。看著她邊跳邊笑和周圍的一切，我的心情越來越好，接著……年幼的兒子忽然跑到仍然有點蒼白的草地，翻了兩個筋斗，然後迅速起身，試著模仿阿納絲塔夏的舞蹈，跳到空中旋轉。我也忍不住在兒子旁邊起舞，開心地跳來跳去。

「走吧，去湖裡！誰能追得上我？」阿納絲塔夏大喊，箭步似地跑向湖邊。我和兒子也趕快跑在她的後面。

我跑得有點喘不過氣來而落後，但及時看到阿納絲塔夏猛然一躍，翻了一圈後潛進湖裡。過沒多久，兒子也從岸邊助跑起跳，屁股落水激起大片的水花。

我一邊跑步，一邊脫掉上衣並丟到一旁，仍穿著內衣、長褲和鞋子就跳進水裡。浮出水面時，我聽到阿納絲塔夏宏亮的笑聲。我們的兒子也開懷大笑，一直用手拍打水面。

我先上岸，開始脫掉濕透的衣物擰乾。阿納絲塔夏隨後上岸，身體還沒乾就直接穿上輕盈的洋裝，幫我把長褲掛在灌木叢，這樣風乾得比較快。我接著從背包拿出運動服穿上，阿納絲塔夏站在旁邊，身上的洋裝已經乾了。我突然好想擁抱她，但不知為何沒有勇氣這樣做。

她離我越來越近，我可以感受到她的體溫。我好想跟她說些好話，但不知道該說什麼。最後只說了一句話：

「謝謝妳，阿納絲塔夏。」

她露出笑容，雙手搭在我的肩上，頭靠在我的肩膀回答：

「也謝謝你，弗拉狄米爾。」

「太好啦！」傳來兒子高興的聲音，「我先離開一下。」

「你要去哪？」阿納絲塔夏問。

「去找老爺爺，我會答應他埋葬身體，然後幫他。我走囉。」

瓦洛佳快步離開，走路幾乎不再跛行。

3 未來的邀請

「答應爺爺埋葬身體是什麼意思？」我不解地問。

「你等一下看到就會明白了。」阿納絲塔夏回答。

不久後，我看到阿納絲塔夏朝氣蓬勃的曾祖父，但現場沒有什麼葬禮的氣氛。他就和我印象中的一樣，一直都是生龍活虎卻神祕的人。

阿納絲塔夏先感受到曾祖父就在附近，當時我們正一起走過林間空地。她突然停下腳步，並示意我停下，轉身望向最高大挺拔的幾棵雪松。我沿著她的視線沒看到任何人，我想問她怎麼回事，卻沒問出口。她牽起我的手按了一下，似乎要我別說話。

過了不久，我在高大的雪松之間看到曾祖父的身影，威嚴的他穿著亮灰色的過膝長衫，不疾不徐而堅定地走到林間空地，完全看不出年事已高。我看到兒子——他的曾曾孫——牽著他的手輕快地前進。老爺爺的兒子——阿納絲塔夏的祖父——走在後方一點距離。

包括我在內的所有人大概都感受到一股莊嚴的氣氛，只有走在老爺爺身邊的孩子表現出自然不造作的樣子。瓦洛佳一直對曾祖父說話，有時跑到前面一點，回頭看著他的臉；有時突然停下，放開老爺爺的手，彎腰看著草地上吸引他注意的東西，而老爺爺也會停下等他。瓦洛佳會再牽起他的手，生動地描述剛才看到的東西，就這樣一路朝我們走來。

他們走近時，我看到老爺爺一貫嚴肅的臉龐帶著一抹微笑，容光煥發卻又不失威嚴。他在離我們還有幾步距離時停下，眼睛望向遠方。現場鴉雀無聲，只有瓦洛佳快速地說話：

「爺爺，前面是我的爸比和媽咪，他們都是好人。爺爺，雖然你的眼睛看不到，但還是感受得到。而且我看得到，你可以透過我的眼睛看到好的事物，親愛的爺爺，這樣對你也會很好。」

瓦洛佳接著轉向我們，忽然用更歡樂的語氣宣布：

「媽咪和爸比，我們剛才一起泡澡時……我突然懂了，所以答應讓摩西爺爺的身體死亡。我們已經找到埋葬摩西爺爺身體的地方了。」

瓦洛佳的全身和頭靠著曾祖父的大腿，威嚴且一頭灰髮的他小心而溫柔地摸摸曾孫的頭髮。他們的互動充滿了愛、溫柔、互相瞭解和幸福，讓我覺得他們這樣討論葬禮非常奇怪。

依照我們的做法，我會叫兒子不要多嘴，說曾祖父看起來還很硬朗、長壽。即使面對奄奄一息的老人，我們也一定會這樣說。我的話已經到了嘴邊，阿納絲塔夏卻突然握緊我的手，讓我不敢說話。

曾祖父對著阿納絲塔夏說：

「我的曾孫女阿納絲塔夏啊，妳創造的空間，是如何被妳的思想限制呢？」

「我的思想和夢想已經合而為一，沒有受到任何限制。」阿納絲塔夏回答。

曾祖父又問了一個問題：

「人類的靈魂漸漸接受妳所創造的世界，告訴我，是哪種能量激發妳的創造？」

「讓樹木長大、花苞綻放並開花的那種能量。」

「哪些力量可能阻礙妳的夢想？」

「我夢想時沒有模擬任何阻礙，路上看到的障礙都能克服。」

「我的曾孫女阿納絲塔夏啊，妳有完完全全的自由。請妳命令我的靈魂在妳覺得合適的地方化為肉身吧！」

「我無法允許自己命令任何靈魂。靈魂是自由的，是造物者的創造。但我會夢想，親愛的爺爺，夢想你的靈魂在最美麗的花園找到合適的化身。」

接著一陣沉默，曾祖父不再提問。瓦洛佳又趁機對他滔滔不絕：

「我也不會命令你，爺爺，但我會誠心懇求你的靈魂盡快在地球上化為肉身，再變年輕、成為我最好的朋友，或者為我成為另一個人……我不是命令你……只是在說……親愛的摩西爺爺，讓你的靈魂在我的體內，伴隨在我左右吧。」

威嚴的老翁聽完這些話後，轉身面對瓦洛佳，緩緩地單膝跪下。他接著雙膝跪下，低下灰髮蒼蒼的頭，將孩子的小手放在嘴邊親了一下。瓦洛佳雙手環繞他的脖子，在他耳邊飛快地低語。

年邁的曾祖父從跪姿起身，旁邊只有一個小孩幫他。直到現在，每次想起這個場景時，我仍不明白當下是怎麼回事。曾祖父只有牽著瓦洛佳的手，沒有靠著任何東西起身。起身後，他朝我們走了一步，對我們鞠躬，接著默默地轉身，牽起曾孫的手，一邊聊天，一邊離開。年紀較小的祖父跟在後面，沒有打斷他們的對話。

我現在明白阿納絲塔夏的曾祖父要永遠離開、安詳地死去。

我目不轉睛地看著孩子和老翁的背影。阿納絲塔夏跟我說過她對現代喪禮和葬禮的看法，我還在前幾本書中談過。她和所有家族成員，包括過去和目前住在泰加林的親人，一致認為不應設置公墓。這種地方就像垃圾場，人類把沒有生命的身體當作無用的垃圾丟棄。他們認為人之所以害怕公墓，是因為人類在那裡製造的一切有違自然。他們相信，正是因為親人覺得去世後一去不回，腦中有這樣的想法，才會讓逝者的靈魂無法化為全新的肉身。

回想過去看過的葬禮，我也開始同意他們的看法。葬禮太多矯揉造作的場面，看看親人為了死者傷心欲絕的樣子，但是過沒幾年……去一趟墓園就會發現，很少有墳墓過了十幾二十年還受到細心地照料。公墓的工作人員甚至會把無人照料的墳墓挖成新的墓穴。

沒有人記得入土者，他們在地球上的一生沒有遺留任何東西，甚至無人在乎有關他們的記憶。如果落得如此下場，當初為何還要誕生、生存？阿納絲塔夏說，逝者的身體應該埋在自己的家園，不需特別設立墓碑，那裡長出的花草樹木會是肉體生命的延續。這麼一來，離開肉體的靈魂更有機會美好地再度誕生。逝者生前必須思考在家園創造愛的空間，讓後代子孫生活其中並接觸成長的萬物，也就是接觸父母的思想，照顧父母的創造。愛的空間也會照顧生活其中的萬物，永遠延續我們地球上的生命。

那城市的居民呢？他們沒有公墓可行嗎？或許這種生活型態會讓他們反思——晚年才思

考也無妨，人不能一輩子這樣不負責任地活著。

我認同阿納絲塔夏的哲理，但在心裡認同是一回事，看到曾祖父永別又是另一回事。不過他的靈魂其實不會消逝，顯然會留在附近，或在短時間內化為新的生命，而且一定是好的生命。畢竟，阿納絲塔夏、年幼的兒子、祖父和曾祖父本人，完全不會想到哀戚的場面，他們對死亡的看法與我們不同。死亡對他們而言不是悲劇，只是轉為全新美好存在的過渡而已。

等等！連曾祖父都不難過了，反倒非常開心，所以我知道了！謎底揭曉！「如果睡前腦中都是黑暗、沉重而不快的想法，通常會做惡夢。帶著光明的思想入睡，就會有好夢。」阿納絲塔夏說。她還說：「……死亡不是悲劇，只是一場夢，長短並不重要。應該讓夢乘載美好的思想，靈魂才不會受苦。人類可以透過思想為靈魂創造天堂樂園，或其他任何事物。」

曾祖父也明白這點，所以沒有痛苦。但在人生最後的數小時內，他為何看起來如此開心？事有蹊翹，他不可能毫無來由地笑成那樣。但究竟怎麼回事？我轉頭看到阿納絲塔夏……

她離我有點距離，雙手伸向陽光，口中唸唸有詞，似乎正在祈禱。太陽一會兒被雲遮住，一會兒綻放耀眼的光芒，照在阿納絲塔夏滑落臉頰的淚水上。但她的臉上不是憂傷的神情，反而非常平和。她一下喃喃自語，一下又仔細聆聽，似乎有人在回應她。我站在原地等待，不知為何不敢走近或甚至發出聲音。等她轉身看我並朝我走來時，我才開口問：

「妳在祈禱曾祖父的靈魂安詳嗎，阿納絲塔夏？」

「曾祖父的靈魂會非常安詳。只要靈魂有所渴望，就能重新獲得在世的生命。我是為我們的兒子祈禱，懇求造物者給他更多力量。弗拉狄米爾，我們的兒子完成了現代只有少數人可以辦到的成就，接收曾祖父透過靈魂給他的所有力量。他的年紀還小，較難承受化為一體的眾多能量。」

「但為什麼經過剛剛的事情後，我沒有看到兒子出現特別的變化？」

「弗拉狄米爾，曾祖父跪下時，我們的兒子說了特別的話，意思只有領悟造物者創造過程的人才能明白。或許孩子尚未完全理解，但他真誠且堅定地告訴曾祖父，他能將曾祖父和他的靈魂留在世上。我自己沒辦法說這些話，我在體內感覺不到這種力量。」

「我發現曾祖父聽完這些話後，看起來更容光煥發了。」

「對，很少人到了晚年還能聽到這些話。曾祖父從孩子的口中聽到未來的邀請，或說是未來的化身。」

「看來他們深愛彼此囉？」

「弗拉狄米爾，我們的兒子曾要求曾祖父繼續活著，但他實際上沒辦法活了。他因為無法拒絕孩子的要求，而繼續活下去。」

「不過這怎麼可能？」

「非常簡單，但不是每次都這麼簡單。你們的醫生畢竟也能把沒有意識或生命跡象的病患救回。而且不只醫生，親人也能把沒有意識或昏厥的人喚醒或搖醒，讓他繼續活下去。曾祖父的意志和愛讓他完成曾孫要他活下去的願望，他的祖先是數百年來做過許多大事的祭司，他甚至用過意志和凝視阻止某場前所未有的爆炸，卻因此失去視力。」

「怎麼凝視？凝視難道可以阻止爆炸？」

「可以，如果全神貫注地凝視，心中相信人類的力量、所向披靡的意志，就能辦到。曾祖父知道哪裡快要發生災難，於是到了當地。但他的預測遲了一些，抵達時已經爆炸了一次。他站在致命源頭的前方，利用凝視馴服已在空間顯現而流竄的黑暗力量。當時只爆炸了一次，黑暗力量尚未完全凝聚，仍可能再有兩次爆炸。所以曾祖父當時若有半點遲疑……

弗拉狄米爾，他最後沒讓爆炸再度發生，但也失去了視力。」

「不過為什麼妳這麼擔心曾祖父賦予兒子的能力？」

「我認為我和你給他的能力已經夠了。我還教他隱藏多餘的能力，別讓自己看起來與眾不同。我希望兒子走入世界定居，表面上不能與他人不同。畢竟，不出鋒頭才能做到很多事。但剛才發生不可思議的現象後，我們的兒子現在是誰、他的使命為何，都是你我必須思索的問題。所以我才懇求造物者，給他力量保有孩子的純真，哪怕只是一點也好。」

「阿納絲塔夏，雖然妳現在很擔心，但我覺得在各方面，妳的教育才是問題所在。妳太常談論靈魂和人類的使命，教他閱讀有關共同創造的怪書，才會讓他形成這麼特別的世界觀。這種年紀的小孩何必知道靈魂和神呢？妳看，他叫我爸比，又說自己有父親。我知道他把神稱為父親，但這連我都難以理解了，妳還塞這麼多資訊給他，所以我才說妳的教育有問題。」

「弗拉狄米爾，你還記得我怎麼回答曾祖父嗎？我說自己無法命令任何靈魂。兒子雖然也聽到我的回答，但所有比我崇高的力量允許他以不同的方式行事。不過你別擔心，雖然兒子現在可能會用不同的角度看我，但我會知道怎麼回事的。不久後，他會比我們兩人加起來還要強壯。」

「這樣很好呀，每個世代都要比前代強大、聰明。」

「你說得當然沒錯，弗拉狄米爾，但如果有人比同代的人強大、睿智，也是令人難過的事情。」

「什麼意思？我不懂為什麼妳會說令人難過，阿納絲塔夏。」

她沒有回答，只是低頭露出難過的表情。她很少難過或感傷，但這一次……我明白了……我明白這位西伯利亞泰加林的美麗隱士——阿納絲塔夏——面臨何種可憐的悲劇。她總是隻身一人，孤獨得難以想像。她的世界觀、知識和能力異於常人，這些特質越強，她的孤獨就越顯得可憐。她身處不同的意識次元，雖然美好，卻只有她一人。她當然可以紆尊降貴，和所有人一樣，但她沒有這麼做，為什麼？因為她必須為此背叛自己、違背原則，甚至與神背道而馳。所以她做了一件了不起的事，號召大家進入這個美好的次元。漸漸有人瞭解她，我似乎也開始瞭解並感覺到她。六年過去了，我才開始瞭解一點，但她仍耐心地等待，心平氣和地解釋一切而毫不生氣，堅持心願而屹立不搖。耶穌基督大概也和她一樣孤獨吧。雖然他有門徒伴隨左右，以及信眾前來聽他講道，但誰能當他的朋友呢？那種他一開口就能瞭解並在患難時伸出援手的朋友。可惜身邊沒有這樣的親信，一個都沒有。

神啊！大多數的人如何看待祂？一個難以親近、捉摸不定又毫無情感的存在。他們只會對祂說「給我！」和「替我審判！」，但如果神是我們的父親，如果我們周遭的世界由祂一手創造，天父的最大願望必然是祂的孩子活得有意義、瞭解宇宙的本質，並且與祂共同創造。但如果我們踐踏神在周遭創造的萬物、糟蹋祂的思想，同時膜拜祂以外的事物，我們又如何能討論生命的意義呢？祂不需人的膜拜，祂想與我們攜手創造，可是我們……我們連這個簡單的真話都不明白：如果你是神的孩子，而且能瞭解天父，那就取得一公頃的土地，創造天堂樂園，讓天父開心吧。但沒有！全人類都在愚昧地追求什麼？是誰讓我們變得如此瘋狂？天父看到世間的荒誕無度時，心中做何感想？祂一邊觀察，一邊等待人世的兒女恢復理智；一邊觀察，一邊使太陽照亮整個地球，讓祂的孩子得以呼吸。我們如何瞭解存在的本質？如何明白目前到底發生了什麼事？這是集體精神錯亂嗎？還是某種力量作祟？什麼力量？我們何時才能擺脫？對方是誰？

4 沉睡的文明

以下對話發生在第二天。

我和阿納絲塔夏靜靜地坐在我一向喜歡的湖邊。時間接近傍晚，但尚未變冷。徐徐微風從不同方向拂過身體，似乎是特地為我們帶來泰加林的不同芬芳，讓我們的心情愉悅起來。

阿納絲塔夏隱約露出笑容，看著湖中的倒影。她感覺在等我問出想知道答案的問題，我卻無法將這些問題濃縮成簡短又具體的幾句話。腦中想到的問題無法傳達我主要想知道的事情，所以我拐彎抹角地說：

「阿納絲塔夏，妳知道我用了很多妳的話寫書。雖然我沒有馬上明白這些話，但我最不解的不是這個，而是大眾對它的反應。

「認識妳以前，我是企業家，和大家一樣工作，希望擁有更多錢。我可以盡情喝酒、與三五好友狂歡，但從來沒有人像現在媒體這樣，大肆批評我和我的公司員工。

「說來奇怪，我以前賺錢時不會挨罵，但自從出書後，開始有人寫文章罵我。他們說我是愛錢的企業家，還罵我門外漢、愚昧無知。罵我也就算了，但他們連我的讀者也不放過，說他們裝神弄鬼、宗教狂熱，天曉得他們怎麼說妳。他們懷疑妳根本不存在，或說妳是異教徒之首。

「整體看來很奇怪，西伯利亞住了很多少數民族，各有不同的文化和信仰，有些還有薩滿，但從來沒有人說過他們的壞話，反而呼籲保存這些民族的文化。妳獨自住在這裡，外加祖父和曾祖父，現在還有兒子。你們雖然毫無所求，所說的話卻造成巨大的迴響。有些人因為妳的話開心、興奮並開始付諸行動，也有一些人毫不掩飾地攻擊、謾罵。為什麼會這樣？」

「弗拉狄米爾，你自己不能回答這個問題嗎？」

「自己？」

「對，自己。」

「我腦中有個非常奇怪的想法，我總認為人類社會有些未知的人或力量渴望人類受苦，這些負面的力量倚靠戰爭、毒品、嫖妓和疾病持續壯大。不然要怎麼解釋？他們不會攻擊關於殺人的書，或者女人衣不蔽體的雜誌，反而討厭描寫自然和靈魂的書。至於妳的情況又更讓人不解了，妳只是呼籲大眾為了家庭的幸福建造天堂般的家園，也有非常多人支持妳。他們不是光說不練，而是已經付諸行動。我就曾親眼看過有人按照妳說的那樣，取得土地後開始照料、建造祖傳家園，不分老少或貧富。但仍有人對妳嗤之以鼻，總是在媒體試圖扭曲妳的言論，大言不慚地說謊。我不明白，為什麼一名住在泰加林、從未礙到他人的女子，能有如此巨大的影響力。

「除此之外，為什麼有人開始對抗妳的言論？甚至有人說，妳的話語背後藏有某種強大的神祕力量。」

「那你怎麼想？背後真有力量，或者只是話語？」

「我覺得背後一定藏有某種神祕的力量，某些神祕學者也是這麼認為。」

「弗拉狄米爾，不要輕易相信別人的話，試著聽聽自己的心和靈魂。」

「我試過了，只是還需要更多資訊。」

「什麼具體的資訊？」

「舉例來說，阿納絲塔夏，妳屬於哪個民族？妳和妳家族的信仰是什麼？還是說你們沒有民族之分？」

「有。」阿納絲塔夏回答後起身，「但如果我現在告訴你，黑暗力量就會甦醒、受到驚嚇而吶喊，接著無所不用其極地毀掉我，連你也不放過。唯有不去注意它們的企圖，全神貫注地思考美好的現實，你才有能力抵抗這種力量。反之，如果你認為自己無法抵抗邪惡的它們，就先收回並忘掉這個問題，等到時機來臨時再思考。」

阿納絲塔夏站在我的面前，雙手垂落兩側。我抬頭看她，不禁發現她的樣子多麼自豪、美麗且堅定。她溫柔的眼神充滿疑問，彷彿在等待我的回應。我不再懷疑，她說的話確實可以引起非比尋常的反應；我不再懷疑，因為認識她的這幾年來，我不只一次看過讀者對她的話產生強烈的反應；我也不懷疑，她說的風險可能存在，但我仍回答：

「我不怕，雖然我相信一切會如妳所說的一樣，但我或許能夠抵抗。但畢竟不是只有我……我們還有兒子，我可不希望他受到任何威脅。」

此時，瓦洛佳突然走到阿納絲塔夏的身邊。他剛才大概在一旁聽著我們的對話，靜靜地沒有打斷我們。但既然提到他，他大概覺得可以現身了。

瓦洛佳雙手抓著阿納絲塔夏的手，緊貼自己的臉頰，抬起頭說：

「阿納絲塔夏媽咪，妳就回答爸比的問題吧。我可以保護自己，不要因為我而把歷史埋藏起來。」

「你說得沒錯，你很強壯，還會一天比一天強壯。」阿納絲塔夏摸摸他的頭，接著抬頭直視我的眼睛，一字接著一字清晰地說，如同初識時的自我介紹：

「弗拉狄米爾，我是吠——陀——羅——斯——人。」

阿納絲塔夏說的這個詞在我的體內產生某種特別的感受，一股微弱的電流彷彿宜人的暖流貫穿全身，為身體的每個細胞捎來新的訊息。我感覺周圍的空間也有了奇特的現象發生。這個詞其實對我沒有太大的意義，我卻不由自主地起身、仔細聆聽。我站在原地，若有所思的樣子。

瓦洛佳這次開心地說：

「阿納絲塔夏媽咪，妳是美麗的吠陀羅斯人，我也是吠陀羅斯人。」

他對我露出燦爛的笑容，然後說：

「爸比你和我都是吠陀羅斯人，只是你還在沉睡。我又說太多話了嗎，媽咪？那我先走了，我已經想到要送什麼很棒的禮物給爸比和妳了。我要趁太陽還沒落入森林前，把我想到的東西創造出來。」兒子看到阿納絲塔夏讚許的點頭後，連跑帶跳地離開。

我看著站在面前的阿納絲塔夏，心想：「吠陀羅斯人應該是尤戈拉地區的少數民族，目前分佈於遠北和西伯利亞地區。」

一九九四年，漢特—曼西斯克自治區曾以尤戈拉地區的民族為題，舉辦國際紀錄片影展。在自治區政府的邀請下，大部分的參展人坐上我的渡輪。我與他們交流、觀賞參展影片，並與他們探訪仍有薩滿的西伯利亞偏遠聚落。我不太記得這些極少數民族的文化習俗，但知道當時有種莫名難過的感受，想到這些民族漸漸消亡，世人也將他們視為即將從地表上消失的異域文化。

那次的影展雖可視為國家大事，但我記得參展人從未提過吠陀羅斯人，所以我問阿納絲塔夏：

「阿納絲塔夏，妳的民族消失了嗎？還是人數所剩無幾？他們之前住在哪裡呢？」

「弗拉狄米爾，我們民族沒有消失，只是仍在沉睡。我們的民族曾在目前被國界區分的個個領土內過著幸福的日子，包括俄羅斯、烏克蘭、白俄羅斯、英國、德國、法國、印度、中國等大大小小的國家。

「才在不久前，五千多年前的現實世界中，從地中海、黑海到遠北地區四處可見我們幸福的民族。

「我們包含亞洲人、歐洲人、俄羅斯人，以及近代自稱美洲人的人。事實上，神的子民全部來自吠陀羅斯文明。

「我們的星球曾有一個『吠陀時期』。

「在地球史上的吠陀時期，人類的感官知識後來達到一定程度，可以透過集體的思想創造能量意象，因此進入新的時期——意象時期。

「透過集體思想創造的能量意象，人類得以在宇宙間創造。如果他們進入意象時期時沒有出錯，本來可在其他的星球上創造類似地球的生命。

「意象時期持續九千多年，人類無論創造一個意象，或者同時創造多個意象，都是一而再、再而三地出錯。

「在地球上的人類社會中，一旦有人的意圖、感受和思想的文化不夠純潔，創造時就會出錯，因而無法在浩瀚的宇宙中創造，這使得人類逐漸邁向玄虛時期。

「玄虛時期至今持續一千年，是因人類的意識劇烈退化而起。在知識水準很高和充滿機會的情況下，如果意識退化且思想不夠純潔，人類最後一定走向世界浩劫。

「這在地球數十億年的歷史中就曾發生過很多次。

「人類目前仍生活在玄虛時期，照理說會再發生世界浩劫。應該要發生的，但期限已經過了，我們已度過玄虛千禧年的最後時期。現在，人人都要思考自己的使命、本質，以及過去的錯誤，協助彼此回顧歷史、從中找出錯誤，這樣地球才會出現前所未有的幸福年代。宇宙也在興奮且滿懷期待地等待。

「黑暗力量目前仍然無所不在，凌駕在大部分人之上，不擇手段地控制人類的心智。但這種力量當初沒有發現，吠陀羅斯人早在五千年前就有異於常人的行為。

「意識扭曲產生的意象企圖統治世人，使地球首度發生戰爭，人類受到意象的指引而開始自相殘殺。這在地球已經發生過很多次，最後都導致世界浩劫，但在那一次……吠陀羅斯文明未在非物質層面上參戰，這是前所未有的。

「世界大大小小地區的吠陀羅斯人反而關上自己部分的意識和感覺。

「人類似乎一如往常地活在地球上：生小孩、蓋房子、聽命於入侵者。吠陀羅斯人看似順從黑暗力量，但這裡有個很大的祕密：沉睡而未被征服的吠陀羅斯人仍活在所有存在層面。這個幸福的文明至今仍在沉睡，會睡到有人清醒過來、尋找創造意象的錯誤為止，必須找出將地球文明推向目前局面的錯誤。

「一旦完全準確地找出錯誤所在，沉睡的人就會聽見清醒的人說話，而開始喚醒彼此。

「至於是誰想到這個方法，我說不出來，但肯定是接近神的人。

「你身為吠陀羅斯人，應該試著清醒一點，然後回顧歷史。

「多個大洲都有我們的族人仍在沉睡。

「三千年前，我們的民族只在現屬俄羅斯的領土生活。

「當時的黑暗力量已經籠罩全世界，唯有在這個現稱俄羅斯的『孤島』上，住著幸福的吠陀羅斯人。

「他們必須、迫切地要再撐過一千年，必須決定如何將知識傳給後代、反思地球發生的事，以及思索如何避免未來重蹈覆轍。最後，他們在這座島上生活了一千五百年。他們抵抗外來入侵，但不是在物質層面上。黑暗力量已經掌控地球上所有人的心智，祭司開始凌駕於神之上，決定創造自己的玄虛世界，已經毒害全球三分之一的人口。

「然而，沒有黑暗力量可以傷害我們在這座現稱俄羅斯的島上的族人。

「但一千五百年前，這座最後的島也陷入沉睡。地球的文明——理解神的民族——開始沉睡，為了在全新現實的曙光中甦醒。

「黑暗力量以為永遠毀掉了它的文化、知識和靈魂的渴望，所以至今仍對世人隱瞞俄羅斯民族的歷史。

「事實上，這樣做有更大的意圖。隱瞞俄羅斯歷史——讓人類邁向美好世界的跳板——等於是在隱匿曾活在世上的幸福文明，不讓你們像幸福文明的祖先一樣，擁有理解神的文化、知識和感受。」

「阿納絲塔夏，等一下。妳可不可以講得詳細一點？用比較簡單好懂的方式描述這個消失的文明，或者說妳所謂的沉睡文明。另外，可否請妳證明這個文明確實存在？」

「我試著用比較簡單的方式描述，但如果每個人都能用心想像，效果會好上一百倍。」

「但難道每個人都能看到一萬年前發生的事嗎？」

「可以，只是程度和細節不同。但整體來說，每個人都能感受到，甚至能在那個幸福的世界看見祖先和自己。」

「怎麼可能每個人都辦得到？譬如說，我要怎麼辦到？」

「非常簡單。弗拉狄米爾，一開始試著只用你的邏輯，分析並比較你知道的事情。如果出現問題，自己找出答案。」

「什麼意思？邏輯？如何透過邏輯認識像是俄羅斯的歷史？妳說俄羅斯的歷史和文化已遭摧毀，或者說地球上所有的人對此毫不知情……但我和別人如何只用邏輯判斷妳的描述是真是假？」

「我們可以一起思考，我只能稍微幫你接觸歷史。」

「來吧，一開始要做什麼？」

「一開始先自己回答一個問題。」

「什麼問題？」

「問題很簡單。弗拉狄米爾，你帶了一本名為《遠古的歷史》的歷史教材給兒子，內容談到羅馬、希臘、中國的古代史，以及五千年前曾經存在的埃及文明，卻對同一時期的俄羅斯隻字未提。無論是五千年前，還是一千年前，俄羅斯的歷史和文化都被當成最高機密。這本教材以俄文寫成，專為俄國孩童編寫，但連兩千年前的俄羅斯都沒提到半句，為什麼？」

「為什麼啊？這樣的確滿奇怪的。描寫世界古代史的俄文教材沒有提到俄羅斯，不只是古羅馬和古埃及時期，甚至之後的歷史也從未提到俄羅斯民族。很奇怪，太奇怪了！彷彿俄羅斯民族當時不存在似的。」

試圖回想我所知道的歷史時，我的腦中浮現羅馬、希臘和中國的古代哲人。我未曾讀過他們的著作，只有聽過他們的名字，知道社會將他們的言論當成至理名言，卻絲毫不記得同時期的任何俄羅斯哲人或詩人。的確啊，為什麼？

想到阿納絲塔夏要我試著自己回答這個問題，我對她說：

「這個問題，我和別人都沒有辦法回答，阿納絲塔夏。這種問題根本回答不了。」

「可以，但不能懶於用邏輯思考。你看，我們已經得出第一個結論：俄羅斯民族的歷史不僅世界不知道，連俄羅斯人也不知道。你同意這個結論嗎，弗拉狄米爾？」

「應該只是沒有全部知道，一千年前的歷史還是有人知道。」

「但當時的歷史經過嚴重的扭曲和刪減，所有事件的註解大同小異。俄羅斯過去千年的歷史彷彿只有一天，稱為『基督時期』。俄羅斯至今仍有基督教，但你可以告訴我這個時期以前是什麼嗎？」

「有人說在這以前的俄羅斯屬於多神信仰，崇拜各種神祇。但這種描述毫無根據，當時沒有留下任何文字或傳說，無人知道當時的政府體制和生活型態。」

「所以你得出第二個結論：俄羅斯民族當時的文化不同。現在，依照你的邏輯判斷並告訴我，歷史在哪種情況下會遭人隱瞞或破壞？」

「答案很明顯。一旦需要凸顯新體制、新政權、新意識形態的好處，前朝歷史就會遭人扭曲。但要隱瞞到不留一點痕跡……實在難以置信！」

「難以置信的事確實發生了，弗拉狄米爾，這是不爭的事實。現在你再告訴我，但不要懶於思考：這個事實是憑空發生，還是有人刻意造成的結果？」

「我常聽過，想要破壞知識和意識形態，就會有焚書的做法，所以我認為有人刻意破壞俄羅斯文化在基督時期前的所有證據。」

「你覺得是誰做的？」

「應該是想在俄羅斯推行新文化、新宗教的人。」

「可以這麼說，但新宗教和推行者的背後會不會也有人在操控？他們是有企圖的？」

「不過是誰？誰能操控宗教？告訴我！」

「你又想向外尋找答案，懶於從內心挖掘。我可以告訴你答案，但外來的答案只會讓你覺得難以置信而心生懷疑。唯有打開靈魂和邏輯，哪怕只是甦醒一點也好，才能從內心聽到答案。」

「我不是懶惰，只是從內心尋找答案要花很久的時間。妳還是把妳所知的歷史告訴我吧。如果我有疑惑，我會再提出問題。我不會一味相信妳說的歷史，而是照妳的意思，從今以後都用自己的邏輯查證。」

「那就如你所願，但我只會說個大概，讓大家自行填補或想像歷史的細節。現在、過去和未來的事實，只能靠自己的靈魂判斷。」

5 阿納絲塔夏口述的人類史

吠陀

人類活在地球上已經數十億年，世間萬物從一開始就是完美的創造，包括樹木、小草、蜜蜂和所有動物。

世間萬物和全宇宙彼此相連。人類是所有創造的顛峰，在原初偉大的和諧之中創造出來，成為和諧的存在個體。

人類的使命是認識周遭的萬物，並在宇宙間創造美好的事物、在其他銀河中打造類似地球的世界，藉由每個新的創造為地球增添美好。

只要人類抵抗誘惑、結合體內偉大的宇宙能量，不讓任何能量凌駕彼此，那麼人類就會有機會在其他星球上創造。

整個地球變成天堂樂園的那一天，代表通往宇宙進行創造的道路已經開啟。人類將領悟宇宙的和諧，為它添增自己美好的創造。

每過一百萬年，人類都要為自己的行為負責。如果曾經犯錯，允許體內的任何能量佔上風，犧牲其他眾多能量，地球就會發生浩劫，萬物必須重新來過。這種事情發生過好幾次。

人類的某個百萬年可分為三個時期：吠陀時期、意象時期和玄虛時期。

人類社會在地球的第一個時期——吠陀時期——持續了九十九萬年。人類此時像個幸福的孩子住在天堂樂園，在父母的照顧之下成長茁壯。

吠陀時期的人可以體會神，體內擁有神的所有感受，並藉由這些感受理解神的所有意見。假如人一時忽然犯錯，神可以只憑暗示糾正錯誤，不破壞和諧及侵害人的自由。

吠陀時期的人不會去問，世界、宇宙和銀河，以及他們美麗的星球——地球！——是由誰創造、如何創造的。所有人都能體會，周遭的萬物無論看不看得見，都是由他們的天父——神——創造。

天父無所不在！周遭生長、成長的萬物，都是祂有生命的思想、祂的設計。人類可以透過思想與天父的思想交流，而且只要仔細瞭解天父的設計，就能使其盡善盡美。

吠陀時期的人不會膜拜神，沒有後來出現的大量宗教。人類過著神聖的生活，他們的文化是有生命的。

肉體沒有病痛。人類依照神聖的模式穿衣進食，從未想過食物和衣服的問題。他們得以思考其他事情，因為各種發現而興奮。人類社會沒有統治者，也沒有現在劃分各國的國界。

地球的人類社會由幸福的家庭組成，各大洲住著一個個的家庭。創造美好空間的渴望將他們聚在一起。

那時有許多不同的發現，每個家庭一有美好的發現，就會迫不及待與別人分享。愛的能量組成家庭，每個人都能體會，組成新的家庭等於在他們出生的星球上創造另一個美好的綠洲。

吠陀時期的人有各式各樣的儀式、節日和慶典，個個具有偉大的意義和感受，皆能體悟地球真正的神聖存在。

每種儀式對參與者而言，都是偉大的學校和檢驗——在別人、自己，當然還有神面前檢驗自己。

我會告訴你並讓你看到其中一種儀式——結婚儀式，但應該說是愛侶結合的見證儀式。

你要看好，試著與現代的知識程度和文化比較。

兩人的結合——婚禮

兩人結合的結婚儀式是由全村參與，有時鄰近或遙遠的村落也會共襄盛舉。情侶認識的方式不盡相同，可能是同村年輕的兩人愛慕彼此。但最常見的是，多個村落合辦慶典時，兩人的眼神交會後，在心中對彼此產生感覺。

男接近女或女接近男並不重要，兩人單憑眼神就能分享許多事情。但仍可透過語言傳達，如果翻成現代的語言，聽起來大概是：

「美麗的女神，我能與妳共同創造永恆的愛的空間。」他對所選的女孩說。

如果女孩的心有所反應，就會回答：「我的男神，我準備好幫你進行偉大的共同創造了。」

相愛的兩人接著一起替未來的家選擇地點。

他們先到男方和他父母所住的村落附近，再到女方的村落四周尋找。他們無需把計畫告訴父母，兩村的居民都能理解，知道一樁喜事即將來臨。

相愛的兩人決定未來生活的地點後，就會經常到那兒過著兩人生活。

他們有時在野外或搭起的棚子下過夜、迎接日出，然後度過一整天。有時兩人短暫回家後，又會急著回去所選的地點。那兒呼叫並吸引著他們，就像小嬰兒毫無來由地想靠近慈愛的父母。

父母不會對年輕的情侶問東問西，而是默默看著兒子或女兒深思，滿心期待且開心地等候他們提問。

孩子再度回到兩人偉大的祕境，可能住個數個月或一兩年，但此期間沒有任何親密的肢體接觸。

吠陀時期的村民知道，這對情侶的內心正在創造偉大的設計，愛的能量賦予他們靈感。

男女兩人自幼接受父母的生活習慣、知識，以及對吠陀文化的認知，能夠體會夜空發亮的星星、隨著晨曦綻放的花朵、蜜蜂的使命，以及四周存在的能量。

男女兩人自幼見證父母在愛中創造的美麗家園、綠洲和天堂樂園，現在也要努力創造出自己的。

他們在所選的土地上（約一公頃以上）規劃實際的生活，必須想出住屋的設計和各種植物的安排，使萬物得以相輔相成。

他們要讓萬物自行成長，本身無需付出勞力。為此，必須考慮眾多因素，包括許多星球的位置、空氣每天的流動方向。

植物每逢春夏都會散發芬芳和乙太。相愛的兩人親手安排每株植物，讓徐徐的微風出現時，參雜不同乙太的香氣能被吹進屋裡。

萬物形成前所未見的共生體，由各種神聖的創造組成。除此之外，愛侶所選的地方會變成一幅美麗而引人入勝的圖畫，不是在畫布上，而是在有生命的土地上——一幅由思想創造成而有生命的永恆畫作。

即使是現代的人也能想像，努力規劃自己的家園時會有多專注且投入。

夏屋小農更能理解，特別是在春天時，思考未來的土地讓他們多麼入迷。

天賦異稟的藝術家也知道，構思一幅畫作時，他們有多專心入神。

這些渴望聚集在愛侶心中。他們的知識受到愛的能量加持，進而生出靈感。

因此，根本不會想到現在所謂的肉體之歡。

在心中想好設計後，相愛的兩人會先去新郎的村落挨家挨戶拜訪，邀請村民前來作客。每戶人家也是既期待又興奮地等候他們。

吠陀文化的人知道，只要相愛的兩人前來家園拜訪，神聖之愛的新能量也會隨之而來，就算只是一時也好。每座家園的美麗空間都會對年輕的愛投以微笑。這不是天馬行空的想像，也不是故弄玄虛的信仰。畢竟，即使在現代，每個人也都知道，結交善友比與惡鄰為伍更快樂。

相愛的兩人不會生氣，尤其是一起到別人家拜訪時。

村裡的每戶人家也會很興奮。年輕的情侶走進他們的花園、庭院或住家時，不會對主人談天說地，只會對每個人各說一句話，例如：「噢，您的蘋果樹真漂亮！」、「您家的小貓看起來很聰明！」，或者「您家的熊勤奮又貼心！」。

聽到這對情侶對花園樹木或家中小貓的讚美，村民都會覺得那是年輕一代對長輩生活的認同。這些評價絕對發自內心，表示給予讚美的人也想擁有這樣的樹和熊。

每個村民都無比驕傲且開心地想在全村面前，把受到讚美的東西送給這對年輕的情侶，迫不及待地希望他們所選的日子到來，要把禮物親自送給他們。

年輕的情侶也會到新娘的村莊挨家挨戶拜訪，有時去完兩村的所有人家需要三天，有時一個星期都不夠。情侶繞完村莊、通告指定的日子後，兩村的男女老少會在黎明破曉時趕到情侶的新家作客。

他們站在年輕情侶用枯枝圍起的土地四周。中央棚子的旁邊是以花朵裝飾的土丘。

你看！現在就能看到一幅與眾不同的景象！

他來了！你看！少年走到兩村村民的面前，有如阿波羅一般英俊。褐色頭髮、藍色大眼的他走上土丘，興奮地站在所有人面前。他叫拉多米爾。在場所有人的目光均望向他一人。

一陣沉默後，他開始說話。

他在所有人面前描述自己與愛人共同創造的未來空間規畫。拉多米爾比手畫腳地說明蘋果樹、櫻桃樹和梨子樹種在何處；松樹、橡樹、雪松和櫧木的位置，樹木之間要種哪些漿果叢；哪些小草會散發芬芳；蜜蜂在樹叢間可以多輕鬆地築巢，以及勤奮的熊要在哪裡冬眠。

他滿懷靈感快速地描述計畫，前後講了三個小時左右，所有人仍專心且興奮地聆聽。少年每次根據偉大的計畫，指向某種植物生長的位置時，都會有人從專注的群眾之間出列，站到未來蘋果樹、梨子樹或櫻桃樹生長的地方。有時是女人，有時是男人或老人，但也可能是雙眼散發理性、智慧、快樂又滿足的孩子。

那些從群眾出列的人拿著幼苗，走到少年說會出現美麗生命的地方。大家會向出列的人鞠躬，畢竟年輕情侶當初拜訪村落時，這些出列的人因為有能力種出美麗的植物，而曾受過他們的讚美。這也表示，出列的人值得造物者的讚美——所有人的天父、關愛萬物的神。

這個結論合情合理，並非依據迷信而來。

吠陀文化的人會把構思美麗綠洲的年輕情侶視為神，這種態度不是毫無根據。造物者當初在一瞬的靈感和愛之間創造萬物，這對年輕的情侶也是受到愛的啟發而有美好的創造。

你看，少年講完後走下土丘，走到興奮且激動地觀看一切的新娘身邊，牽起她的手，一起走到土丘上。現在他們一起站在土丘上。

少年在眾人面前說：「這個愛的空間不是由我一人所創，站在我身邊及各位面前的這個女孩，就是我美麗的靈感來源。」

這名女子——叫她少女好了——在眾人面前眼神低垂。

每個女人都有獨特的美，但一生總有幾個時刻散發超越眾人的美。可惜現在的文化沒有這種時刻，但在以前……

你看！站上土丘的柳巴蜜拉（她的名字）望向眼前的人群，眾人興奮的歡呼聲合而為一。少女的臉上露出勇敢的微笑，不是魯莽的那種。她的愛的能量滿溢，雙頰泛起勝於以往的紅暈。健康的身體和明亮的眼眸散發一陣暖意，籠罩眾人和周圍的空間。頓時之間，四周變得萬籟俱寂。年輕的女神在眾人面前完全展露自己的美。

因此，少女的父母和整個家族的男女老少並未立刻上前，而是緩緩地走向他們的土丘。他們走到土丘前停下腳步，先向年輕男女鞠躬致意，少女的母親才問女兒：

「我們家族的所有智慧都在妳身上，親愛的女兒啊，告訴我，妳在自己所選的土地看到未來了嗎？」

「看到了，媽媽。」女兒回答。

「親愛的女兒啊，告訴我，」媽媽繼續說，「妳在未來看到的一切，妳都喜歡嗎？」

這種問題有很多種回答方式，最常聽到的是：「喜歡，媽媽。這裡會變成一座美麗的天堂樂園、一個有生命的家。」

但是你看，這名情緒高昂的少女臉上泛著紅暈，在眾人面前對母親的問題給了一個特別的回答：

「設計得不差，我真心喜歡，但我還想加點東西。」

少女忽然從土丘跳了下來，快步地穿過人群，跑到未來花園的邊緣。她站在那兒說：「這裡要種一棵針葉樹，旁邊一棵樺樹。風從那個方向吹來時，會先撫過松樹的樹枝，再吹過樺樹，然後請求花園樹木的樹枝唱歌。每次的旋律都不相同，但都能為靈魂帶來快樂。還有這裡，」少女跑到一旁，「這裡要種花，首先是一叢紅花，接著這裡會是紫花，然後這裡是深紅色的花。」

少女在未來的花園手舞足蹈，雙頰彷彿精靈般紅潤。剛才圍成一圈的人群再度開始動作，手裡拿著種子，趕緊站到她所指的位置。

跳完舞後，少女跑回土丘，站在她的另一半旁對大家說：

「現在這個空間會變得無比美麗，土地會長出神奇的美景。」

「告訴大家，我的女兒，」母親再對女兒說，「誰要管裡這片最美好的空間？在地球上生活的眾人之中，妳要親手為誰戴上桂冠？」

少女環顧四周拿著幼苗或種子的人。他們個個站在少年依照設計所指的地方，或少女畫出美景的位置，但沒人把種子種進土裡，神聖的時刻尚未到來。此時，少女轉頭面向身旁站在土丘的少年，宛如唱歌般地說：

「我要為思想能夠創造美好未來的他戴上桂冠。」

說話的同時，少女摸了身旁少年的肩膀。少年在她面前單膝跪下，而她為他戴上美麗的桂冠。那頂桂冠是少女親手以散發香味的小草編成。她用右手梳理未婚夫的頭髮三下，再用左手將他的頭扶近一點，最後給了暗示請他起身。少女接著跑下山丘，恭順地微微低頭。

此時，所有家族成員陪同父親走向戴上桂冠、站在眾人之上的少年。接近土丘時，他恭敬地停下腳步，一語不發，後來才看著兒子說：

「你是誰？思想能夠創造愛的空間的你是誰？」

少年回答：

「我是你的兒子，也是造物者的兒子。」

「你現在已經戴上桂冠，即將迎接重大的使命。戴上桂冠的你，要如何管理這片空間？」

「我要用美好的事物創造未來。」

「我的兒子及戴上桂冠的造物者之子啊，你要從何獲得力量和靈感？」

「從愛那裡！」

「愛的能量可以在整個宇宙漫遊，你要如何看到宇宙的愛在地球上的反射？」

「爸爸，就有一個女孩。她對我而言，就是宇宙的愛在地球上的反射。」說話的同時，少年走到少女身旁，牽著她的手走上土丘。

他們手牽手看著兩家人聚在一起、互相擁抱且有說有笑的樣子，大人小孩都不例外。少年舉起手來，現在再次鴉雀無聲。少年宣布：

「謝謝在場的各位，我發自內心地渴望新空間中的創造。謝謝所有體會愛的能量的各位，就讓靈魂的夢想所想的一切破土而出吧！」

這些話讓周圍的眾人開心地動了起來，驕傲又興高采烈地把種子和幼苗種進土裡。每個人在少年依照計畫指定的位置分別種下一株幼苗，沒有指定種在何處的人則沿著稍早圍出的土地邊緣，一邊唱著圓環舞的歌，一邊把帶來的種子灑進土裡。

不消幾分鐘，美好的花園就已種好——一個夢想創造的空間。

眾人又退到土地邊緣外，只有兩家人圍著土丘上相愛的男女。

雨滴開始落到土裡。這場非常溫暖的雨來得奇特又短暫，是造物者喜極而泣的溫柔淚珠，灌溉祂的兒女共同創造的美好空間。

有什麼比孩子的美好創造更讓父母感到窩心的呢？

戴著桂冠的少年再次舉手，對著安靜的眾人說：

「就讓造物者賜予人類的萬物當我們的朋友、與我們同住吧！」

少年和少女走下土丘，朝著之前過夜、在裡頭完成計畫的棚子走去。

這些話講完後，有一個人從周圍的人群走了出來，帶著一隻老狗和小狗走近年輕情侶。情侶當初挨家挨戶拜訪時，就知道那隻老狗，也非常喜歡牠。

訪客鞠躬向新娘送上小狗，老狗則聽從他的命令，走到少年的腳邊趴下。這隻狗受過訓練，會幫人類教導其他動物。

他要老狗坐在棚子入口，少女則讓小狗進去。其他人跟著魚貫而入，手裡抱著小貓或小羊，或牽著小馬或小熊。

他們迅速地把樹枝做成籬笆，在棚子四周搭起圍欄。這座兩人才剛過夜的棚子頓時擠滿了年幼的動物。這樣做的意義很大，所有動物混在一起，才能永遠地和平共處，互相關心及互助。這不是什麼深奧的道理，只是造物者的自然法則。畢竟現在也能找到實證：小貓和小狗養在一起，長大後也還是好朋友。

吠陀時期還有一個特點：人類知道每種動物的使命，牠們都會為人效力。人類不需費心餵養動物，動物反而會替他們覓食。吠陀時期的寵物和人類都吃素，從來沒有吃過肉，甚至連想都沒想過。周遭生長的各種植物已經綽綽有餘，能夠滿足人類和他們身邊動物的胃口了。

此時，兩村的村民開始把自己最好的東西送給年輕的夫婦。

收完禮物後，年輕夫婦再次站上土丘。

「謝謝各位，」帶著桂冠的新郎向在場的所有人表達謝意，「謝謝各位與我們共同創造這個空間，我的家族會世世代代照顧這裡。」

「謝謝生出創造者的各位母親。」年輕的新娘說。

新娘轉頭看著少年，繼續說：

「為了取悅創造太陽、月亮、星河和美麗地球的造物者，我們要一起創造所有你能想到的東西。」

「跟妳——我美麗的女神——和眾人一起創造。」少年對新娘回答，「妳一個人就能為我的夢想帶來靈感。」

年輕夫婦再次走下土丘，兩家人分別圍著他們給予祝福。

眾人圍著土地跳起圓環舞，唱起歡樂的曲調。

此時天色已晚，新郎和新娘各自跟著家人回家，有一天兩夜的時間不會見到彼此。耗盡體力創造後，年輕的創造者回家倒頭大睡，美麗的新娘也在自己的床上進入夢鄉。留在原地的眾人繼續圍著在愛中創造的空間，一邊唱著歌，一邊跳著圓環舞。而年老的夫婦會先行離開，這天讓他們想起了自己新婚當天的開心往事。

接下來的一天一夜，兩村最好的工匠會在歌聲和圓環舞的陪伴下，合力替年輕夫婦蓋一棟小屋。他們將圓木層層堆疊固定，圓木之間放上青苔和一束束的香草。兩村的女人再把最好的水果放進新家，雙方的母親為他們在床上鋪上亞麻毯子。所有人都會在第二晚離開。

經過一夜好眠後，新婚的少年起床迎接太陽升起，看見陽光愉悅地照亮他的老家。他第一個想起的是桂冠，拿起來戴在頭上後，對每個人露出幸福的笑容。

在兄弟姊妹的陪同之下，他走到小溪用泉水沐浴。回家經過花園時，他看見他的母親。母親淺淺一笑，開始讚賞兒子。

少年看到母親時，興奮得忍不住把她舉起，像個小孩地一直轉圈大喊：

「周遭的生命太美了，媽媽！媽媽！」

「啊！」媽媽開懷大笑。爺爺的笑容藏在鬍子後，奶奶走到開心的母子身旁，手裡拿著漂亮的雕刻木勺，對著孫子說：

「我們年輕的神啊，歇一會兒吧。保留這股興奮的能量，喝下鎮定的草本茶，別把你的能量用盡。再一個晚上，時候就到了。」

少年喝下茶後，開始和爺爺談論生命的意義和宇宙，但茶很快就讓他昏昏欲睡。這位奶奶稱為「年輕的神」的少年躺在手工縫製的床單上睡著了。

這是怎麼回事？為什麼奶奶會把孫子稱為神？是因為讚賞孫子而誇大其詞嗎？絕對不是！是因為孫子的成就使他值得「神」這個稱謂。

神創造了地球和世間生長的萬物。少年繼承前人的所有知識後，能夠分辨眾多創造的使命，這讓造物者開心不已。決定各種創造的使命後，少年透過它們創造有生命而最美好的綠洲。這塊綠洲不僅為他帶來生命的快樂，還能取悅他的愛人、後代子孫，以及未來數個世紀前來觀賞這座充滿愛、最美好的創造的人。

人在地球上還有什麼行為能讓神如此開心的嗎？人生在世，還能做什麼更好、更有意義的事嗎？

吠陀文化的婚禮並非神祕兮兮的儀式，反而富有極大的實際意義，是一種成為神聖存在的渴望。

墜入愛河的少年向眾人展現渴望和知識時，其實是在接受他們的檢驗，以行動證明自己繼承了原始起源至今家族世世代代的知識，但也不忘獻上自己的知識。他的創造受到眾人的讚賞，個個欣喜萬分地在他指定的位置種下樹木和草本植物。這個美好的共同創造會在每年春天盛開、一年比一年美麗。

儘管如此，鄰居看到時並不會覺得眼紅，畢竟人人都為共同創造投注了一份心力，在這個美麗的地方種下一株植物。假使這種家園越來越多，地球就會變成一座生機盎然的神聖花園。吠陀文化的人都知道，人類擁有永恆的生命。只要活在世上的人抱持美好的渴望，美好的生命就會不斷重複！

家園！吠陀文化的家園！這個在後世玄虛的書中所稱的「天堂」。人類一旦失去偉大的知識，就會認為只能在九霄雲外看到天堂。這些都是為了捧高現代所謂的先進科技，實則隱藏了自身貧乏的思想。

如果沒有行動，這種爭論會變得毫無意義，但以行動來解決爭論其實非常容易。舉例來說，只要讓那些目前活在世上且備受尊崇的所有科學家，試著只為一個家庭創造一塊綠洲，完成吠陀文化每個戀愛的少年必要的任務。

幸福家庭要住的家園應該時時刻刻填飽所有家人的肚子。

疾病完全沒有落腳之處。眼前千變萬化的景色分分秒秒使人愉悅，各式各樣的聲音動聽悅耳，花香則讓人神清氣爽。

為你的靈魂帶來散發乙太的食物、照顧出生的嬰兒、永遠保存愛。因此，所有家人無需浪費力氣，他們的思想應該永保自由。所有人都被賦予創造的思想。

科學界活在幻想中卻引以為傲：

「您看，火箭為了全人類的福祉飛上太空了。」「真的是為了全人類的福祉？」

「您看，炸彈為了保護你們爆炸了。」「真的是為了保護我們？」

「您看，這位聰明的醫生救了您的命。」但在這之前，生命早被生活一分一秒地摧殘。醫生救回的只是被奴役的生命，延續他們的痛苦罷了。

科學界連個類似的美好家園都創造不出來，原因都是同個宇宙法則：一個受愛啟發的創造者，比無愛可言的所有科學來得強大。

新婚的少年睡了第二晚。熟睡的他不受任何干擾，只有愛人的意象像星星般閃爍。在他的夢境中，這個意象與兩人創造的空間結合，加上宇宙強大的力量和千變萬化的模樣。

他在天亮前起床，沒有叫醒任何人，自己戴上桂冠、穿上母親親手縫製的衣服，跑到泉水湧出的小溪。

月光照亮破曉前的小徑，成串的星星在天上閃耀。在溪裡沐浴後，他穿上衣服，快步地走向他珍愛的創造。天色漸漸亮了。

他獨自站在兩村居民不久前歡慶喜事的地方——一個他用夢想創造的空間。從未經歷的旁人很難體會，人在此時的感覺和感官感受有多強烈。

我們可以說這是一種神聖的感官感受和感覺，這在興奮地等待第一道曙光時會倍增……她來了！他最美麗的柳巴蜜拉！她在日出的光線中跑了過來，迎接他的愛人與他們的共同創造。

夢境的人影成真，跑向拉多米爾。完美當然沒有極限，但時間彷彿為了兩人停止。團團有如雲霧般的感覺，伴隨他們走入新家。桌上擺滿美食，手織床單上的乾燥花散發迷人的香氣。

「你現在在想什麼？」她熱情地輕聲發問。

「想他，想我們未來的孩子。」拉多米爾看她時顫抖了一下。「噢，妳真美！」他再也克制不住自己，極其輕柔地摸起她的肩膀和臉頰。

愛的炙熱氣息圍繞著他們，將他們帶往前所未有的高度。

數百萬年來，沒有人可以鉅細靡遺地描述，兩人在一眼瞬間的彼此愛意中結合，按照自己和神的模樣進行創造時，她和他之間到底發生了什麼事。

但吠陀文化的神子清楚知道，兩人的結合使得無法解釋的奇蹟發生後，他們仍會保留各自的樣子。同時，在某個無法解釋的一瞬間，宇宙會顫動一下，因為它看到一個嬰兒的靈魂，光著腳輕快地穿越星河奔向地球，在體內將兩人加上第三人合而為一。

吠陀時期慶祝兩個愛人的結合並非故弄玄虛，是與生活方式息息相關而合理的儀式。每對夫妻對彼此愛的感覺不停增長，就是見證這個文化的水準。

現代夫妻對彼此的愛幾乎都會消散，愛的能量已經離開他們，人類社會卻視為理所當然。但這種情況對人並不自然，證明現代人的生活方式違反自然。

吠陀時代相愛的人都知道，愛的火花出現時，就是在召喚神聖的共同創造。這並不是透過理智瞭解，而是藉由內心和靈魂體會。

你要注意相愛的人最初的渴望。他們一起在瞬間的靈感中，為兩人的愛想出空間的規畫。妻子就在他們創造的空間中受孕，三個愛的感覺永遠合而為一。畢竟，人終其一生對自己的家園——家鄉、自己的孩子，以及一起創造一切的女人，都有一種自己也無法解釋的愛。唯有三個愛的感覺才能永恆長存，一個是不夠的。

吠陀時代的兒女誕生也是一個具有重要意義的節慶和儀式。當時還有很多其他的節慶，數百萬個幸福的家庭妝點著地球，完全沒有夫妻不忠的情況。到了現代才有一堆歷史學家趨炎附勢，將原始人說得愚昧無知，直指他們獵殺動物、狂吃肉及穿獸皮。這種可怕的謊言是為了合理化自己可怕的行為。

吠陀文化的孩子撫養

人類仍在追求完美的撫養制度，一心尋找最聰明的老師，把孩子交給他們教育。而你，弗拉狄米爾，為了跟兒子說話，五年來不斷尋找最好的撫養制度——一個能向你解釋一切並教你如何與親生兒子溝通的制度。你還向多名優秀的老師和不同領域的學者請益，但是沒有任何意見或方法讓你滿意或完美無缺。你越來越疑惑：「假使真有一種完美的撫養制度，早就很多人採用了，地球某處也可能住著一群幸福的民族。然而，所有國家都有類似或不同的問題，要尋找幸福的家庭有如海底撈針。總而言之，根本沒有什麼萬能的撫養制度，我也沒有必要再尋找了，因為沒有東西可找。」

請原諒我，我別無他法時，只能隨時追蹤你的想法。透過你，我試著瞭解是什麼讓人類遠離顯而易見的事實。

有一次，我感覺到你的想法：「缺乏信任及害怕犯錯，讓人不得不把小孩送去學校和學院，這樣事後才能責怪老師，而不是怪自己。」

另一次，我看到你在想：「孩子是由父母和社會的生活方式撫養長大。」你因為這個想法而臉色蒼白、呆若木雞。你的想法精闢又正確，你卻因此受到驚嚇，一直想要忘記。然而，你忘不了這個顯而易見的事實。

你後來試著反駁自己，辯解：**怎麼可能變成科學家、藝術家或詩人？如果不去專科學校，如何學習數學、天文學和歷史？**

但你所想的是按科目分類的知識，這在撫養孩子時並非重點。

更重要的是培養感覺，能將所有知識塞進一顆粒子的感覺。你自己就能理解這點，畢竟你就是我這句話最明顯的例證，沒上過專科學校也能寫書。

你和我在林間空地才待三天，如今你成了多國暢銷的作家。你還站在座無虛席的講堂，對著知名的教師、學者、詩人和治療師演講，甚至可以連續講三小時，讓聽眾全神貫注地聆聽。你經常被人問到：「你怎麼記得住這麼大量的訊息？你怎麼只憑記憶精確地背出書的內容，完全不用看書？」你回答這些問題時都很含糊，但你自認為那是我對你施展了前所未見的魔法。事實上，這一切再簡單不過了。

你第一次與我待在泰加林的那三天，「吠陀學校」同時也影響了你三天。這種學校不會讓你厭煩或有壓迫感，沒有任何學說和教條，只是透過感覺將所有訊息傳達給你。

你有時生氣、有時開懷大笑、有時害怕，但每次出現感覺時，就有訊息進到你的腦中。這些龐大的訊息會在後來你想起當初的感覺時浮現。

畢竟感覺是由大量的訊息濃縮而成，感覺越清楚、越強烈，容納的宇宙知識越多。

舉例來說，回想你在泰加林的第一晚。你醒來時看到旁邊躺了一隻母熊，一時之間受到驚嚇。請注意並思考「一時之間受到驚嚇」這個句子。但驚嚇的感覺是什麼？我們試著把它翻成訊息，會變成什麼？你當時想：「我旁邊有隻巨大的森林野獸，牠比我重上數倍，熊掌也比我手的肌肉強壯。森林的野獸都可能有攻擊性，所以可能攻擊我、把我撕裂。我現在手無寸鐵，最好拔腿就跑。」

如此大量的資訊無法在一時之間有意識地接收，而是需要很長的時間。但一旦資訊濃縮成感覺，也就是你那時恐懼的感覺，就能讓人瞬間對此情況做出反應。人在瞬間清楚地經歷某種感覺時，大量的資訊會傳到那人身上。要將資訊描述出來，可能需要用到整本學術論文，如果不用感覺體會，就得花上數年理解。

只要感覺群體正確、出現的順序適當，就能讓人既有的知識增加數倍。

舉例來說，你看到母熊時的恐懼瞬間又消失了，但為什麼會消失？這畢竟不太自然。你仍在泰加林中，依舊手無寸鐵，母熊也沒走遠，況且泰加林可能還有很多野獸。

然而，恐懼感瞬間被安全感取代。這種受到保護的感覺甚至比你在商船上、城市中或身邊有武裝保鑣時更強烈。

這種受到保護的感受也是瞬間出現。你一看到母熊對我的話和手勢有所反應，愉悅地完成我的指令，你頓時有種安全感，讓你能以全新的方式接收資訊。若要詳細地描述你所經歷的一切，可能要用好幾十頁的論文來寫，你在書中對動物和人的關係也著墨不少。這個主題無邊無際，卻能瞬間濃縮在感覺之中。

不過有個更重要的現象：不到幾秒鐘的時間，兩個相對的感覺達到完美的平衡。我變成在你身邊會讓你感到安全無憂的人，但你同時又覺得我神祕難懂，甚至有點嚇人。

感覺的平衡非常重要。這攸關人有多穩定，同時感覺又彷彿不斷脈動，產生越來越多新的資訊流。

在吠陀文明中，每個家庭的文化和生活方式，以及人類社群整體的生活模式，就是當時最重要的學校，負責教育下一代、積極完善人類、促使人類在浩瀚宇宙的眾多世界中創造。

吠陀時期撫養孩子的方式與現代學校不同。孩子從各種歡樂的節慶和儀式學習，有時是單一家庭的慶祝活動，有時是全村參與或附近幾座村莊舉辦的慶典。

更精確來說，吠陀時期的眾多節慶對大人和小孩而言，都是一個重要的考試，也是交換訊息的管道。

家庭的生活方式和節慶的準備活動，也會給人機會獲得大量且有系統的知識。孩子無需違背自己的意願坐在教室聽課，所以學習知識時沒有強迫感。家長和小孩的學習每分每秒都在進行，過程歡樂又不壓迫，讓人心甘情願而樂在其中。

但其中有些方法確實會讓現代人覺得非比尋常。現代學者因為不瞭解這對人類教育非常重要，而將吠陀時期某些家長的行為視為迷信或裝神弄鬼。

像你就是這麼認為。你看到強壯的老鷹抓著年幼而手足無措、還不會站的兒子時，你非常擔心。老鷹用爪子抓起孩子，在林間空地上方時高時低地盤旋。

吠陀時期的所有家庭都會做類似的事，但不一定是透過老鷹達成目標。如果住家附近有山，家長會帶嬰兒到山頂眺望地球。有些爸爸會背著孩子爬上高大的樹木，有些甚至特別為此建造高塔。但老鷹帶著嬰兒盤旋空中的效果最好，嬰兒可以瞬間體會所有感覺並接收龐大的訊息，長大後在他想要或需要時，就能透過這些感覺喚起知識。

舉例來說，我剛跟你說過，英俊的拉多米爾和新娘柳巴蜜拉共同完成了一個完美的家園設計。我也說過，現代即便是公認最頂尖的科學家，也無法想出這種設計。他們就算同心協力，也沒有辦法達成。

但為何當時少年能夠獨自完成這個奇蹟呢？他從何得知所有植物、風的重要性、星球的功能等知識呢？畢竟他從未坐在教室聽課，沒有學過科學。他從何得知多達五十三萬種植物的功能呢？他或許只用到其中的九千種，卻仍可精確地講出彼此之間的關係。

想當然耳，拉多米爾一定從小觀察父親和鄰居的家園，但他從未做過筆記，也沒有刻意去記。至於種植什麼、有何目的，他從未問過父母，他們也不會用教訓的態度令他煩惱。儘管如此，墜入愛河的拉多米爾仍創造出自己的家園，甚至比父母的家園更好。

弗拉狄米爾，請你不要太過驚訝！一定要去瞭解看看。畢竟拉多米爾不是透過理智想出花園和菜園的設計，雖然他呈現的結果確實如此。事實上，拉多米爾是透過感覺，為他的愛人和未來的孩子勾勒一幅美麗的景色。幼時被老鷹帶到祖傳家園上空盤旋的經驗，讓他如今產生愛的悸動與靈感。

嬰兒時期的拉多米爾從空中鳥瞰大地，家園的景致有如電影膠捲般烙印在他的潛意識中。他雖然還無法透過理智瞭解這片美景，但他的感覺可以！感覺能從底下五顏六色的樣貌掃描出所有的訊息，並永遠銘記在心。感覺讓他體會美麗的景致，無需倚靠理智或頭腦。

不僅如此，從空中鳥瞰的一片景致中，還有他的媽媽站著對他微笑。對嬰兒而言，有什麼能比母親的微笑更美麗的呢？媽媽對著他揮手，是她！她的乳房有賦予生命的溫暖母乳，對嬰兒而言，沒有什麼比這更好了。年幼的拉多米爾從空中鳥瞰大地時，映入眼簾的一切成為與母親無法分割的一個整體。部分宇宙的知識藉由興奮的感覺在他的體內瞬間出現。

當時的年輕人對動物學、農學和天文學等現代科學都能瞭若指掌，旁人也對他們的藝術品味讚譽有加。

吠陀時期當然也有專業的老師。

專研不同領域的長者會在冬季來到村落。每座村落都有一棟聚會所，長者就在那兒傳授科學知識。假如聽講的孩子突然對天文學表現特別的興趣，老師就會去他家拜訪家長，家長也會開心地接待他們。老師會和孩子談論星體，幾小時或幾天由孩子決定。從他們的對話中，無法判斷誰的知識略勝一籌，因為年長的老師即使學識淵博，向孩子提問時仍然非常尊敬，不用教訓的語氣爭辯。吠陀時期無需記錄這種討論，或者從中獲得的結論和發現。沒有現在的日常瑣事和各種煩惱，人的記憶吸收的訊息量，遠超過現代發明的強大電腦。

況且，一旦有任何合理的發現，都會馬上和所有人分享並付諸實踐。

家長和其他家人也能聆聽這種學術討論，有時還會有技巧地加入，但孩子隨時都是焦點。如果大人覺得小小天文學家對星球的結論不對，可以說：「不好意思，我不明白你的意思。」

孩子必須試著解釋，最後通常都會證明自己是對的。

每年春天來臨前，所有村民都會到聚會所，見證自家小孩的表現。那幾天有很多報告，比方說：六歲的小男生宛如哲學家一般談論生命的意義，讓大家嘆為觀止；向所有人展示他們美妙的手工藝品；用歌聲或特別的舞蹈讓大家開心等等。你可以把這些活動視為測驗或給大家的節慶，但這並不是重點。重要的是，人人都能從這些創造的活動獲得快樂，一連串正面的情緒和那幾天的新發現都在愉快的氛圍中融入生活。至於「誰是撫養孩子的關鍵？」這個問題，可以肯定地回答：「吠陀時期的文化和每個家庭的生活方式。」

我們能從這種文化取出什麼給現代的孩子？現存的哪種撫養制度最好？自行稍加判斷就會發現全部都不完美。畢竟扭曲人類的歷史，無異於讓孩子欺騙自己，逼迫他們往錯誤的地方思考。我們因為自己受苦，連帶逼著孩子一起。

最重要的是，所有人必須知道關於自己的真相。沒有真相而誤信教條的生命，就與催眠沒有兩樣。

孩童教材有三張圖片必須改變順序，必須告訴孩子正確的地球人類史。我們得先查證內容，讓孩子學習不被扭曲的本質後，與他們一起選擇新的方向。

有關地球發展和人類歷史的童書，通常都有三張害人不淺的圖片。你看，這些圖片從小讓他們產生了什麼印象。

第一張是原始人的圖片，你看看內容為何：全身毛髮、手持木棒、齜牙裂嘴、一臉呆滯，周圍堆滿獵物的屍骸。

第二張的人身穿盔甲、手持刀劍、戴著精美而閃閃發亮的頭盔、帶兵攻城，還有一群奴隸跪在他的面前。

第三張的人一臉高貴、聰明又健康的樣子，身著正裝，身邊的設備和裝置五花八門——美麗又幸福的現代人。

三張圖片都在說謊，順序也不正確。這種謊言刻板又頑強地刻意灌輸給孩子。我待會可以跟你說誰是始作俑者和說謊的原因，但你先用邏輯判斷這三張圖片的真實程度。

你自己判斷：你現在仍可看到保留原始樣貌的樹木、小草和灌木叢。經過數十億年，你現在還是看得到，為它們的完美驚呼連連。

這說明了什麼？造物者的創造從一開始就是完美的。所以呢？人類身為祂最愛的創造，難道會被造成四不像嗎？當然不會！人類是造物者最完美的創造，從一開始便是地球上最美好的創造。

第一張圖片應該反映歷史的真相，畫出一個幸福的家庭，每位家庭成員看起來都很聰明，且有孩子般純真的眼神，家長的臉上散發著愛。人的身體與周遭環境和諧地融在一起，他們的美貌和美好的精神力量令人驚艷。四周是生機盎然的花園，所有動物隨時準備滿懷感謝地為人效力。

第二張圖片應該向孩子反映真正的歷史，畫出兩軍身穿醜陋的盔甲廝殺。幾位將軍站在高處，祭司下著指導棋。有些將軍面露恐懼或驚慌失措，有些將軍接受祭司的指導後顯得走火入魔。再過不久，一場瘋狂的屠殺就要展開，人類開始自相殘殺。

第三張圖片是現代人的樣貌。一群病懨懨而蒼白的人坐在擺滿人造物品的房間，有些人大腹便便，有些人彎腰駝背，有些人的臉色沉重憂鬱，這在城市的街上也很常看到。從窗戶可以看到幾輛汽車爆炸，天空降下充滿灰燼的雨。

必須讓孩子看到這三張正確的歷史圖片，然後問他們：「你想過哪種生活？」圖片只是片面的資訊，當然還要真誠且有技巧地告訴孩子正確的故事。孩子必須知道沒有扭曲的人類歷史，此後才能展開真正的教育。必須問他們：「如何改變現狀？」

孩子不會馬上想出答案，但他們一定找得到！他們會出現另一種思考——創意的思考。噢，孩子的撫養！你看，弗拉狄米爾，只要問一個真誠的問題，以及渴望聽到孩子回答，就能永永遠遠拉近親子關係，讓他們感到幸福。這種共同對幸福的追求沒有極限，不過最一開始的追求就能稱作幸福。

現在所有人都應瞭解正確的歷史。

儀式

後來，故弄玄虛的祭司不擇手段地抹黑、扭曲吠陀時期的儀式活動意義。舉例來說，他們不停地散播謠言，直指吠陀人毫無來由地膜拜水元素，甚至每年把最好但尚未戀愛的少女丟進湖裡或河裡獻祭，方法是把她們綁上木筏推離岸邊，讓她們邁向死亡。

湖和河等水元素的確和吠陀人的許多行為息息相關，但意義與現在完全不同：儀式是用來維持生命，而非死亡。我講一個例子就好。現代的儀式只學到皮毛而流於形式，原本偉大的意義和詩意都被故弄玄虛取代。

現在各國常有與水有關的節慶，民眾把花圈或載著漂亮燈籠或蠟燭的小船，從岸邊推到水上漂流，同時向水祈求好運。但看看這種節慶的由來，看看它最初多有意義和詩意。

吠陀時期偶爾會有一兩個少女（多少不重要）在村裡找不到心愛的人，甚至在多個村落舉辦的大型慶典裡也選不到心儀的對象。這完全不是因為選擇有限，眼前其實有很多長相英俊且眼神睿智的少年，他們在慶典活動中個個如男神般出眾。不過少女的內心和靈魂期待別人的出現，愛神沒有來訪。少女期待別人，但會是誰呢？她自己也不知道。至今從未有人可以解釋愛的能量為何如此神祕，而且有選擇的自由。

為此，少女會在特定的日子走到河邊，把一艘小木筏從河彎處推到水上。木筏的四邊以花圈裝飾，中間放一個裝果汁或酒的小甕，周圍擺上一顆顆水果。甕中的飲料要由少女親自準備，水果也要從自家花園親自栽種的樹上摘下。木筏上還可以放一條親手縫製的亞麻頭巾或其他東西，不過一定要親手製作。最後，放上一盞小油燈。

幾位少女在岸邊點起營火，跳著圓環舞，為她們素未謀面的愛人高歌一曲，然後從營火撿起一根樹枝點燃油燈，將木筏從岸邊推進河裡，讓它順著水流輕柔地漂到不知何處的遠方。

少女個個滿臉期待地看著自己的木筏，直到只剩油燈的火光不見為止。但少女的心中已經燃起希望之火，對著自己還不知道的人湧起愉悅及溫柔之情。

少女跑回家中，關在房間興奮地為初次見面準備。少女期望的他會在日出或日落時前來（這不重要），但這是怎麼回事？是什麼引導他來？神祕的力量吸引他來，還是出於理性？又或者是吠陀人透過感覺得知？你自己判斷吧。

你要知道，少女的木筏是在特定的日子放水漂流，遠近的所有村落都知道這些日子。

木筏可能漂流一天、兩天或三天。在這段期間內，仍未找到愛人的少年會日日夜夜帶著希望獨自守在岸邊。

只要看到遠方漂來火光，少年就會立刻跳進水裡，游向愛的火光。水流不會澆熄少年炙熱的身體，反而以透明的河水輕柔地將他包圍。火光越來越近，少年終於看清木筏的樣子，一艘比一艘漂亮。他選擇其中一艘木筏，但為什麼覺得那艘最好呢？沒人曉得。

他一會兒手推，一會兒臉頰貼著邊緣，將木筏從河中央帶到岸上。河水彷彿以水流跟他玩似的，但他的身體越來越有力氣，沒注意河水的嬉戲，心思早已飄到岸上。

少年小心翼翼地把木筏放到地上、吹熄油燈，興奮地喝下飲料，接著快步回家準備出發。他把木筏上的所有東西帶走，並在路上品嚐水果，因為美味而欣喜。不久後，他來到木筏起源的村落，精準地找到一路上讓他愉快的水果來自哪座花園和哪棵樹木。

「啊哈！」有人會驚呼，「這肯定有什麼神奇的地方吧？少年怎麼可能毫無差錯地找到愛人？」

可以說，愛以只有自己知道的路指引著少年。不過我可以說得更簡單：油燈也有幫助。燈芯浮在油上燃燒，裝油的小碗有數個刻痕，可以輕易判斷油燈燒了多久。大家也都知道水流的速度，所以計算很簡單，一下就算出來了。對吠陀時期的少年而言，要在村裡找到摘下水果的樹木，完全不是一件難事。

只有不細心的人，才會覺得水果看起來很類似，但相同品種的果樹即使種在一起，水果的形狀、顏色、香氣和味道仍然不同。

只有一件事無法精確地解釋：男女雙方初次見面時，為什麼他們總是馬上愛上對方呢？況且他們的愛還出奇濃烈。

「這很簡單，」現代的哲學家可能會這麼說，「他們的感情在初次見面前就已被夢想點燃。」

但對於這種問題，當時滿臉鬍鬚的智者可能只會狡獪地回答：「我們的河流一直都這麼愛嬉鬧呀！」

如果願意，智者當然能夠針對我說的儀式解釋每個細節，鉅細靡遺地說明每個細節的目的，甚至寫成一本偉大的論文，但沒有智者會把心思花在這個上面。弗拉狄米爾，重點是他們……**不是在分析生命，而是在創造生命！**

滋養肉體的生命

吠陀時期的人絲毫不知人體會有疾病，他們即便活到一百五十歲或兩百歲，還是精神奕奕、知足常樂且身強體壯。當時沒有現在滿坑滿谷的醫生或治療師。疾病無法侵入人體，因為家園的生活方式——親自創造而天然的愛的空間，讓他們的飲食受到完整的調節。人體所需的一切，大自然都會在最適合進食的時間給予適當的份量，也就是在天體運行最適合的時間進食。

仔細聽，弗拉狄米爾：各種植物在春季、夏季和秋季按照固定的順序成熟結果，這個現象絕非偶然。

首先長出小草，比方說蒲公英。這些小草也很美味可口，和冬天的食物一起吃時更好吃。

接著是早熟的醋栗、草莓和覆盆子，這些在陽光下比較快熟，陰影下則比較慢。再來依序是甜櫻桃、酸櫻桃和其他多種水果、小草和漿果。所有植物選擇適當的期間，以獨特的外形、顏色和味道試著吸引人類的目光。

當時沒有營養學，吃什麼、吃多少、何時吃，從未有人想過這些問題。但人類仍可攝取身體所需的所有營養，精準到公克的程度。

每個漿果、小草和果實都有能為人體帶來最大效益的日期、小時和分鐘——當它們與宇宙天體連結、完成生長過程的時候。植物會考量土壤、周圍的植物、給予注視的人等因素，評估並決定此人最大的需求。到了準備為人效力的那一天，人會帶著崇敬的心接受，使完美的植物變成他的食物。

我曾說過，孕婦整整九個月都要待在自家花園——她和愛人共同創造的空間。這不是什麼神祕的力量作祟，而是遵從神聖存在的天理。你自己想想看，大自然很多植物會使孕婦無痛流產，像是大蒜、牛至、鱗毛蕨、馬兜鈴等等，但也有植物有助於胎兒在母親的子宮內和諧成長。該吃什麼、該吃多少，沒有人說得準，只有他懂——母親子宮內的胎兒。他不只關心自己，也會顧到母親。所以才說，女人生完孩子後，常會變得更漂亮，彷彿年輕許多。

為了達到這點，孕婦必須住在自家花園。那裡的每株小草都認識她，果實也只為她生長，她也知道它們的口感和味道。她擁有自然的渴望，可以比所有人更準確地決定要吃什麼、吃多少。

這在別人的家園或花園就無法如此準確，即使其他花園豐富數倍且有更多植物種類亦是如此。其他花園不可能有理想的食物還有一個原因，那就是孕婦在吃果實、漿果或小草前都會先嚐一口。

以蘋果為例，她想吃時會摘下來先嚐一口，吞下去後會立刻感覺到身體不需要，這對自己和孩子不好。為什麼會這樣？關鍵在於，即使是味道看似相同的果實，都是以不同的物質組成。在自家花園中品嚐果實不下數次後，她已經不會出錯，但在別人的花園中就難以避免。

是什麼知識和法則可以讓人類如此精準地適時進食？沒有法則，更沒有理論！人類只是依靠天理。現在有人說，人類是與自然合而為一的整體，但人類目前只吃體制為了自身便利而供給的人工食品，並在人造體制規定的時間進食，你有想過這個整體是什麼嗎？

在吠陀時期，人所需的一切都是由神賦予的感覺決定。只要感到一點飢餓，周圍的空間就會使人飽足。畢竟，人的感覺與愛的空間相輔相成，堪比現今最先進的機器或最權威的理論，能夠決定每分每秒該吃什麼。

人一走進親自創造的空間時，思想就會變得自由，並開始創造或達成宇宙的任務。看到周圍迷人的果實，他會出於直覺地摘下一兩顆來吃，或是三顆，但不會因為神賜予的這些美食而分心。

當時的人不用煩惱食物，進食就和現在呼吸一樣。人所創造的空間會和他的直覺一起精準地決定肉體要怎麼吃、何時吃及吃什麼。

到了冬季，許多植物捨棄果實和葉子，為休息做準備。冬季是為了創造來年的春季。儘管如此，人在冬季也不用耗費心思覓食，沒有事先準備食物也無妨。家中的動物會滿懷愛意地努力為人準備一切。松鼠囤積大量的香菇和堅果，蜜蜂採集花粉和花蜜，熊每年秋季挖洞貯存塊根植物。初春冬眠結束時，熊會走到人類的住處吼叫，或用熊掌輕輕敲門。這不是重點，重要的是牠要呼叫人類，請他們指出要挖哪個洞。是熊忘記自己把食物藏在哪裡嗎？還是想念與人類互動？任何家人都可能應門，但最常出來的是孩子。孩子看到甦醒、一向勤奮的熊，會拍拍牠的嘴巴，然後走到做記號的地方，小腳踩在上面。熊接著勤勞地撥土、挖出食物；看到儲糧時，會開心地跳來跳去，把熊掌伸到地面。但牠不會先吃，而是等人帶點食物回家後再開動。

人也會自行準備食物，但與其說是工作，不如說是一門藝術。很多家庭會用各種漿果釀酒或果汁，這種酒不像伏特加濃烈或使人爛醉，而是一種有益身體健康的飲料。人從動物取得的食物還包括乳汁，但不是從任何動物取得。人只從他們認為善良、溫柔且聰明的動物取得——牠們的內心展現為人奉獻乳汁的渴望。舉例來說，家族的小孩或長輩走近山羊或乳牛，摸牠們的乳房時，如果牠們立刻退開，不願與人分享乳汁，人也不會執意要喝。這不是說牠們不愛人類，常常是因為牠們下意識地覺得，當時的乳汁成分對此人無益。

吠陀文明的人只吃自家土地所種的各種作物，或者家中動物提供的食物。這種模式不是什麼迷信或法則，而是基於大量知識的累積。

不過，「知道」與「體會」並不相同，體會的層次比知道較高。不是只有知道而已，還要透過自己本身、肉體和靈魂感覺不同的現象、神聖創造的使命，以及祂的機制。

每個吠陀人都能體會，他們食用的東西不僅使肉體飽足，也能在意識層面滋養靈魂，同時為自己帶來所有宇宙世界的訊息。

所以才說，這些人的內在能量、頭腦的敏銳度和思考速度，都是現代人的好幾倍。

生活在人類家庭空間的動植物對人做出的反應，就像對神一樣。動物、小草和大樹無不渴望他們溫柔的注視或善意的撫摸。

正是這種感覺能量的力量，讓雜草無法生長於菜圃或花園。現在很多人也知道：家中的花如果不受家人的喜愛，可能會突然枯萎。反之，如果獲得滿滿的關愛和互動，可能就會綻放。

因此，吠陀人從來不需在自家的菜圃使用鋤頭。今天也常有人講「惡毒的眼神」或「沒安好心眼」，這些說法皆源於此時期。他們光靠感覺的能量，就能創造很多東西。

假設有人走在自家土地，周圍的萬物接收著他善意的注視。他此時看著一株雜草，心想：「你怎麼在這裡？」雜草很快就會因悲傷而枯萎。反之，如果他對櫻桃樹微笑，它會以兩倍的能量讓樹液在樹脈中流動。又如果吠陀文明的人要出遠門，也不需浪費力氣帶食物，一路上就能找到充足的食物。走進村落時，都會看到一座座美麗的家園。他可以請主人給他吃或喝東西。以美味的飲料和蔬果款待旅人，是一件很光榮的事情。

沒有偷拐搶騙的生活

存在數千年之久的吠陀文明從未發生搶劫、竊盜或單純的打架。他們的詞彙中甚至沒有污辱人的話，也沒有處罰這種行為的法律。

法律永遠無法預防惡行，但吠陀人的知識和文化不允許人與人之間發生衝突。你想想看，弗拉狄米爾，畢竟每個住在家園的家庭都知道，家園內、附近或甚至村落邊緣如果有不愉快的事發生在任何人身上，甚至是陌生人，都有可能讓整個空間受苦。

宇宙的侵略能量會影響空間中生長和生活的萬物，改變能量的平衡狀態。侵略的能量還會增長，影響大人和小孩，甚至讓後代子孫承受疾病。

反之，如果路過的旅人留下愉悅的感覺，空間就會綻放更多的美麗。

此外，來到村落的人在生理上也無法擅自在別人的花園，食用從樹上摘下或從地上撿起的果實。

吠陀文化的人非常敏銳，只要果實不是帶有善意的主人所給，而是擅自摘下的，一嚐就能透過身體察覺很大的不同。目前市售的食物通常沒有原初的香氣和味道，沒有靈魂，對人類沒有感覺，不屬於或服務任何人，只是為了販售而生。

如果現代人有機會品嚐並比較吠陀時期的食物，就再也吃不下現在的食物。訪客不會，也從未想過擅自拿走別人的東西，包括石頭在內的所有東西都有訊息，那只有生活在家園裡的主人才知道。

吠陀文明的每座家園都是一座堅不可摧的堡壘，可以抵抗任何形式的邪惡；家園則有如母親的子宮，孕育生活其中的家庭。

當時沒有人築高牆，每座家園都是受有生命的綠色圍籬保護。這種圍籬和後方生長的所有植物會保護家庭，不讓他們的肉體和靈魂受到任何形式的負面影響。

我曾跟你說過，逝去的親人只會埋在自家花園或家園的樹林間。

他們知道人的靈魂永垂不朽，物質的肉體也不能不著痕跡地消失。每一個物體，甚至看似沒有靈魂的物體，都有大量的宇宙訊息。

在神聖的大自然中，沒有東西會真正的消失，只是改變狀態和外在的形式。

逝者的身體不用蓋棺，下葬的地點也不需特別標記。他們雙手和靈魂創造的空間就是紀念他們最好的媒介。

沒有靈魂的身體改變狀態後，孕育出大樹、小草和鮮花，新生的孩子穿梭其中。啊，周遭的萬物多愛孩子啊！祖先的靈在空間上方盤旋，關愛並保護著孩子。

孩子以愛對待家鄉的空間，沒有生命有限這種虛幻的想法。吠陀人的生命永垂不朽。靈魂飛過宇宙的所有次元，去過不同的存在層面後，再度以人類的形式誕生。

孩子在家鄉的花園醒來後，再次嶄露笑顏，周遭的空間也微笑以對。和煦的陽光、樹葉之間窸窣的微風、花朵和遙遠的星辰連連驚呼：「我們是一體的，由你化為形體，神聖存在的孩子呀。」

現代人仍然無法解釋，為什麼住在國外的老一輩會說：「我死的時候，請把我葬在家鄉。」

直覺告訴他們，唯有家鄉能讓他們重回地球的天堂樂園，異鄉會將他們的靈魂拒於門外。

將身體葬在家鄉是靈魂數千年以來不變的願望，但任何國家的公墓真的可以稱為家鄉嗎？

公墓是不久前才有的地方，目的是讓人類的靈魂受地獄的折磨、羞辱、奴役而被迫臣服。

公墓就像……垃圾場，大家把不要的垃圾丟在那裡。逝者的靈魂在公墓上空受盡折磨，生人也不敢靠近公墓半步。

想像一下以前數代祖先下葬的家園，小草無不盡力愛撫生活其中的人類，為肉體帶來諸多益處。

但如果訪客抱持侵略的心態，花園的每株小草和每顆果實會立刻具有毒性，所以才沒有人想過擅自拿取任何東西。

家園無法靠武力強取，更無法用金錢買下，畢竟誰敢擅自踏入能夠摧毀侵略者的土地呢？

人人渴望建立自己的美麗綠洲，星球因此逐年越來越漂亮。

現在如果從空中鳥瞰現代城市，可以看到什麼？人造的水泥叢林覆蓋大地，住家越蓋越高、越蓋越大，四處漸漸被水泥景觀取代。沒有乾淨的水，空氣深受汙染。在一幢幢水泥的龐然大物之間，能有多少家庭過著幸福的生活？

如果與吠陀文化的家庭相比，就會發現現在沒有幸福的家庭。還能進一步這樣說，在一幢幢人造的水泥巨獸之間，人類的家庭並不算是在生活——他們，是在睡覺。

儘管如此，在他們有如催眠的狀態中，仍有一個活細胞彷彿種子般在體內移動，有時休眠，有時移動，碰觸其他成千上萬個細胞，試著喚醒它們。這個活細胞叫作「夢想」。夢想會喚醒其他細胞！人類家庭會重新在地球上創造一座座美好的綠洲。

一切會回到過去那樣。人類再從空中鳥瞰地球時，會看到多采多姿且有生命的景色，並且為此深深著迷。每幅美麗的景色都代表著，那兒的土地已由甦醒的吠陀人親手照料。幸福的家庭會再次居住在他們的家鄉中——那些理解神、體會生命意義和目的的人。

吠陀人知道為何天空中有星星，他們有很多偉大的詩人和藝術家。聚落之間沒有敵對，沒有偷拐搶騙的動機，更沒有階級之分。吠陀羅斯的文化在現代歐洲各國、印度、埃及和中國的領土興盛，當時的領土之間沒有分界。沒有任何階級的統治者，盛大慶典的順序就是自然的管理依據。

吠陀人擁有的世界觀知識遠遠超過現代人，他們內在的能量可以促進或延緩某些植物的生長。家中的動物努力完成人類的指令，但不是為了已經綽綽有餘的食物，而是希望得到他們散發的美好能量。

即使到了今天，無論對別人、動物和植物，人的讚美都能讓對方感到愉悅。
但人類以前的能量強上無數倍，所有生物彷彿向陽般貼近人類。

6 意象與試驗

吠陀時期快要結束時，人類有個重大的發現，是地球歷來的所有文明從來沒有的。人類清楚明白了集體思想的力量。

這裡必須先說明人的思想到底是什麼。人的思想是空間中無可匹敵的能量，可以創造美好的世界，也能創造足以毀掉星球的武器。我們現在看到的所有物質都是由思想創造而成，無一例外。

大自然、動物界和人類本身，都是由神聖思想在偉大的靈感之中創造而成。現在看到的各種人造物品、機器和裝置，正是由人類的思想創造而成。你或許會覺得那是由人類的雙手製成。對，現在確實會用到手，但每個細節最初都是從思想而來。現在大家都認為人的思想比以前完美，但事實完全相反。

吠陀文明每個人的思考速度和訊息量，是現代人的幾百萬倍。這一點可從過去將植物入藥和入菜的知識證明。不過，大自然的機制仍比人造物品完美且複雜許多。

人類不只呼喚各種動物為自己效勞，不只決定所有植物的使命，在知道集體思想的力量後，還發現這可用來控制天氣、使泉水從地底湧出。如果思想運用不慎，可能會害飛行的鳥兒墜落，或對遠方星球的生命造成影響——在那兒種出花園或毀掉星球。這不是什麼科幻情節，而是事實，一切操之在人類手中。

現在大家都知道，自從走上技術治理這條道路後，人類一直努力發明可以飛向星辰的火箭。

人類登陸月球，不僅浪費金錢和精力，對地球造成不小的傷害，又沒能為月球帶來改變。這種方法短視近利而註定失敗，甚至對地球的所有人和其他星球帶來危險。另有一種方法完美多了，只要透過思考，就能在月球上種出一朵花、製造適合人類生存的大氣、建立一座花園，並與心愛的人實際出現在花園裡。但要做到這點，得先透過思想讓整個地球變成一座生機盎然的天堂樂園。這必須透過集體思想才能達成。

集體思想的力量強大，全宇宙沒有能量可以阻撓它的運作。現代所有物質和科技都是集體思想的表現，所有機械和武器都是由它發明。

但請記得我曾說過，吠陀時期每個人的思想力量和能量遠遠超過現代人。像是重達數噸的岩石，只要九個人就能移動。為使集體思想的運用更容易，對大多數人帶來好處，同時不浪費時間聚集人群，人類想出眾多神祇的意象，藉由祂們掌管大自然。

太陽神出現在火、雨、愛和生育的意象之中。生活所需的一切都在人類聚集思想後，透過意象創造出來。思想能做到很多實用的事情，比方說灌溉必須用到雨水，所以一個人開始思考雨神的意象。如果亟需雨水，眾人就將能量集中於雨的意象。一旦意象累積足夠的能量，雲朵便會聚集，接著下雨滋潤作物。

神聖的大自然給予人類無限的機會。只要人類拒絕權力至上的誘惑，維持體內所有宇宙能量的平衡，其他銀河便能出現一座座的花園。這可以是人類思想的成果，讓其他世界變得幸福。所謂的「意象時期」開始繁榮，生活其中的人類不僅創造，也在體內感受神的存在。不然神子還能成為什麼呢？

在所謂的「意象時期」中，模樣與神相似的人類開始創造意象。這個時期維持九千年之久。神從未干擾人類的行為，各種宇宙能量卻開始騷動，不斷地誘惑他們。

宇宙所有能量的粒子存於人的體內，種類龐大且性質相對，但在體內應為平衡狀態，成為單一和諧的整體。

一旦任何能量佔上風，其他能量的地位降低，平衡遭到破壞，那麼……地球就會出現變化、失去和諧。

意象可以指引人往美好前進，但如果體內失衡，意象亦會導致毀滅。

但究竟何謂意象？

意象是人類思想創造出來的能量本質，可由單人或多人創造。

演戲就是集體創造意象的明顯例子。一人在紙上描述意象，另一人在舞台上扮演所述的意象。

扮演虛構意象的演員做了什麼？演員在一段時間內，將自己的感覺、志向、渴望換成與虛構的意象一樣，可能為此改變走路方式、臉部表情和平日穿著，賦予虛構意象一個暫時的肉身。

創造意象是人類特有的能力。

單人或多人創造的意象存於空間之中，一旦人停止思考便會消失。

越多人以感覺滋養意象，它就會變得越強。

人類集體思想創造的意象具有強大的破壞力或創造力。它會反過來影響人類，形塑大大小小族群的性格和行為。

人開始運用他們發現的無限機會，熱衷地創造星球的生命。

意象時期開始時，只有六人無法平衡體內由神造人時賦予的宇宙能量。他們的出現似乎是為了試驗全人類。

起初只是其中一人體內的崇高和自負超出其他能量，接著第二人、第三人，後來六人都是如此。

他們原本互不相識，住在不同地方。但物以類聚，他們開始集中思考如何統治地球的所有人。他們共有六人，在人群面前自稱祭司。

經過一代又一代的轉世，他們至今仍然存在。

現在地球所有人全由六人掌管，這六人就是祭司。他們的王朝持續萬年之久，代代傳承玄虛的知識，以及自己也只有片面瞭解的意象科學。他們小心翼翼地隱匿吠陀時期的知識，不讓其他人知道。

六人之中有位領袖叫作「大祭司」，現在自認是全人類的最高統治者。

大祭司只是耳聞我說過的幾句話、你寫進書裡的內容，以及眾多讀者對此的反應，就開始懷疑我到底是誰。為了以防萬一，他先用一分力試著毀掉我，但是沒有成功。訝異的他施展更大的力量，卻仍摸不透我的身分。

我剛說的「吠陀羅斯人」透露了我自己的身分，現在活在世上的大祭司，光聽到這個詞就會害怕。既然他知道這個詞背後的涵義，你想像一下他會如何全身顫抖。他會集結手下的棋子──全體生物機器人，以及玄虛黑暗科學的所有力量，不擇手段地毀掉我，每分每秒都在盤算毀滅的行動。就讓他做吧，這樣他就無暇顧及其他的計畫。

弗拉狄米爾，你剛說現在媒體出現許多惡毒的攻訐。他們以後還會變本加厲、越來越高明。你會看到挑撥離間和惡意毀謗，黑暗力量數千年來用來毀掉我們族人文化的手段都會傾巢而出。但你看到的只會是冰山一角，並非人人都能察覺玄虛力量的攻擊，不過你能瞭解、感受並看到這種攻擊。我求你不要害怕，再可怕的攻擊也碰不了勇敢無畏的人。立刻忘掉你所看到的，無論妖魔鬼怪有多麼強大，被人遺忘後也只能完全消失。

這樣雖然不太尋常，我也看得出來你的猜疑，但別馬上放棄求證，靜下來思考一番吧。

你也知道，即使只是一小群人，為了某個目的聚集時，必定會有一位帶頭的人。我們姑且將他稱為「領袖」。

小公司有主要負責人，大企業有多位主管和職位最高的總裁，各種管轄區域也有稱謂不同的首長，包括區、省、州、市、共和國等，如何稱呼並不重要。各國都有一位領袖和眾多輔政官員。「國家領袖」是最高層級了嗎？大多數人都是這麼認為。難道就沒人統治活在世上的全人類嗎？沒有人想坐上統治世界的王位嗎？

當然有，而且現在還有。回顧近代歷史，就會發現不少統帥企圖武力佔領全世界，但從未有人成功。每當快要取得至高無上的權力時，就會發生一些事情，導致渴望統一天下的將領和麾下的軍隊遭到毀滅。

再繁榮、強大的國家一旦渴望統治世界，也會一夕之間變得平庸。

過去一萬年來都是如此，但為什麼會這樣？全是因為世上早有一位祕密統治者，將所有國家、政府和個人玩弄於股掌之間。

他自稱全地球的大祭司，手下有五位稱為祭司的助手。

弗拉狄米爾，再注意一個事實，思考為何數千年來世界各地的戰爭永無止息，所有國家的犯罪、疾病和各種災難層出不窮，卻有一個問題始終遭到禁止，而且是被嚴禁討論：人類文明真的走在進步的道路上嗎？還是說全人類是在每況愈下？

這個問題很簡單，我們先來瞭解當初祭司是如何取得權力、如何持續至今的。

為了達成祕密目的，他們的第一步是建立埃及王朝。現在的歷史學家比其他人熟悉埃及王朝，但只要拋開個人見解和道聽途說，你也能從史實找出很多不為人知的祕密。

史實一：埃及的最高統治者史稱法老，他們很多軍事成敗都有歷史記載。即便到了今天，他們壯觀的陵墓仍然超乎世人想像，吸引學者探索其中的奧秘。然而，金字塔的宏偉卻也讓我們遠離了最重要的祕密。

法老不僅是公認的人民領袖，更被視為神一般看待。人民向他祈求來年豐收及風調雨順。歷史可以告訴我們很多法老的作為，但在瞭解一切有關法老的史實後，請你問自己：這些法老真有能力統治幅員廣大的國家、成為眾人的神嗎？只要對照所有史實，就會發現法老不過只是祭司手中的生物機器人。

不過還有其他歷史學家也知道的史實。

法老時期有好幾位祭司住在宏偉的神殿，其中一位是大祭司。他們隨時監視法老候選人的學習，向年幼的男孩們灌輸特定的知識，包括法老是由神選出的觀念。在此期間，祭司告訴他們，大祭司可在祕密神殿聽到神的話。祭司後來會從這些人中選出法老。

登基日時，新法老身穿王袍、手持權杖，隆重地坐上王位。在人民眼中，他是至高無上的王、是神，只有祭司知道他是坐在王位的生物機器人。他們從小觀察法老的個性，所以明白他會如何治理國家、對祭司群帶來什麼好處。

少數法老試圖脫離大祭司的掌控，但從未有人能恢復自由之身。畢竟祭司的權力無影無蹤，但所有人都看得到法老的王袍；祭司的權力不需經由口頭命令或宣誓才得以執行；祭司對每位統治者的權力從未縮減，讓大多數的人民認知錯誤的宇宙秩序。法老唯有摒棄被人灌輸的意象，冷靜地獨立思考，才有可能成為真正的人。然而，祭司一開始便已想好對策，迫使法老終日操勞瑣碎的國事而無法脫身。

瑣碎的國事！信使、書記和首長從全國各地捎來源源不絕的訊息，有時必須即刻解決，有時還會爆發戰爭，耗盡法老的心力。法老必須乘著戰馬四處奔走，懲罰或獎勵投誠的人民，時常沒有充足的睡眠。相對而言，祭司可以安靜地沉思，這點他佔盡了優勢。

祭司盤算如何憑靠一人之力統治全世界，甚至進一步計劃在神所創造的世界之外，建立一個屬於自己的天下。

他哪會在乎那個年幼無知的法老，甚至臣服於他的百姓？對祭司而言，他們只是手中的傀儡。

祭司私下研讀意象科學，百姓也漸漸淡忘了自然法則。

弗拉狄米爾，正是這些祭司將人與神聖的生命——大自然的創造——之間的互動能量引入他們所創的神殿之中。他們倚靠這些能量壯大——百姓的能量，卻毫無回報。

無人不知的吠陀文化頓時成為祕密，人民彷彿被催眠般地入睡，在半睡半醒間毫不猶豫地聽從指令。他們開始破壞神聖的自然世界，建立對祭司有利的人造世界。祭司嚴守科學的祕密，甚至不敢完全記在紙上。他們發明彼此溝通的語言，你也能從歷史知道這個事實。他們需要特殊的語言，以免不小心讓別人聽到他們的祕密。這些簡單卻被視為祕密的知識，就這樣傳給一代又一代的祭司。

六千年前，六名祭司之中的大祭司決定統治世界。

他心想：「就算我能教會將領如何使用比別人先進的武器，我也無法光靠武力或法老的軍隊穩住權力。那群無知的莽夫能做什麼？收刮黃金嗎？但黃金已經夠多了。奴隸到處都是，但他們的能量一無是處，不能接受他們手中的食物，畢竟淡而無味、對身體有害。我得征服人的靈魂，讓他們所有悸動的愛的能量只對自己。但不需用到軍隊，而是用科學的思想。意象科學就是我無形的軍隊。只要我瞭解得越深，軍隊就會越效忠於我。只要世人知道得越少，被玄虛和假象矇蔽，就會越臣服於我。」

大祭司如此盤算，至今六千年來時常可以發現這項計畫的顯現。

你和大家都已熟知近代發生的事件，只是每個人的解讀不同。但你只要試著思考，就會發現真相。你看……

這項計畫在六人祭司會議中制定，後來陸續為人所知，像是聖經──舊約聖經──就有提到。大祭司指派祭司摩西帶領猶太人出走埃及，向他們保證應許之地會有美好的生活，那是神專為猶太人準備的土地。

他們宣稱猶太人是神的選民，這種花言巧語讓部分的百姓一股腦兒地跟隨摩西。四十年來，摩西帶著百姓走過各地荒野，部下則不斷宣讀預言、談論神的選民，逼迫人民以祂──神──之名發動戰爭、劫掠都市。

如果有人從迷亂中恍然大悟，要求回到原本的生活，就會被視為必須導正的罪人，得在期限內改錯自新，否則會被殺害。不過祭司不會用自己的名義行事，而是假裝自己奉行神的旨意。

我說的這些不是異想天開，人人都能在舊約聖經找到答案。這是一本偉大的史書。只要稍微從千百年來的催眠狀態甦醒，讀到祭司如何並用什麼方法像程式般設定猶太人的思想，使他們成為麾下的軍隊，就能從書中得知許多詳實記載的事件。後來耶穌試圖解放他的人民，運用自己求知的天賦阻止祭司的企圖。他四處拜訪智者，努力一點一滴地學習意象科學。他學了許多新知後，決定拯救猶太人——他的人民。他成功創立宗教，希望抵擋可怕的力量。

他的宗教不是為了全世界的民族，而是猶太民族專屬。他不只一次提過這點，許多門徒都有記載，你現在還能讀到。就以《馬太福音》第十五章二十二至二十四節為例：

有一個迦南婦人，從那地方出來，喊著說：主啊，大衛的子孫，可憐我！我女兒被鬼附得甚苦。耶穌卻一言不答。門徒進前來，求他說：這婦人在我們後頭喊叫，請打發她走吧。耶穌說：我奉差遣，不過是到以色列家迷失的羊那裡去。

「奉差遣，不過是到以色列家迷失的羊那裡去」是什麼意思？為什麼耶穌僅對猶太人佈道？為什麼他覺得猶太人迷失了？

我告訴你，弗拉狄米爾，耶穌知道西奈半島的荒漠被控制四十年後，大多數的猶太人都已陷入催眠狀態。這些人和摩西自己淪為大祭司手中的棋子，成為他的傭兵，替他控制全世界的人，滿足他的野心。

他們會在世界各地發動戰爭，持續數千年之久。他們的武器不是粗糙的砲彈刀械，而是憑著狡猾的計謀，創造人人遵從玄虛——祭司的私心——的生活方式。

為此，他們無所不用其極。

「但任何紛爭都有對立的兩方啊。」你可能會這樣想。「如果真是這樣，受害者在哪裡？紛爭的兩方一定都會有受害者。」

你可以自行按照不同史料提及的日期找到相關證據。

為了讓你更快找到這些可怕的日期，我就舉幾個例子給你聽。如果需要，你可以自行查詢歷史資料。

弗拉狄米爾，現在包括你在內的世人都知道，以色列有多少老人和小孩死於恐慌。你也聽過不久前的第二次世界大戰，資料清楚記載當時猶太人慘遭刻意屠殺：老人和小孩、母親和年輕孕婦、尚未戀愛的少年，被人困在火爐燒死、送進毒氣室毒死、扔進壕溝集體活埋。死的不只一人、不只百人、不只千人，而是數百萬人在短時間內慘遭屠殺。歷史學家認為希特勒是罪魁禍首，但其他時期的罪人又是誰？時間回到西元一一一三年的基輔羅斯，當時人民一夕之間開始仇視猶太人。基輔城內和羅斯[2]其他地方的猶太民屋遭人劫掠、燒毀，猶太人慘遭殺害，就連孩子也無一倖免。羅斯的人民有如野獸抓狂，甚至準備推翻諸國公爵。幾位公爵因此召開會議，決定立法驅逐羅斯境內的所有猶太人，禁止他們入境，潛入者奪其財物並殺無赦。

一二九〇年，英國突然興起消滅境內猶太人的運動，統治者因此被迫驅逐猶太民族。一四九二年，西班牙爆發反猶事件。境內所有猶太人遭受消滅的威脅，因此被迫離開。猶太人自從出走西奈半島的荒漠，便時常成為各國仇視的對象。各地民族對猶太人的仇恨日益加深，最終導致血腥的反猶暴動或屠殺。

我只是舉出歷史素有記載而容易查證的幾次反猶暴動，但猶太民族遭遇的衝突遠多於此。個別來看，這些衝突當然不如大家熟知的屠殺嚴重，但若把眾多規模不大的衝突放在一起，就會變成一個規模和可怕程度均史無前例的事件。

如果衝突持續一千年以上，或許可以說錯在猶太民族。但他們做錯了什麼？古今歷史學家一致認為，猶太民族企圖推翻政權，欺騙眾人大大小小的事。他們詐取窮人小錢，迫使富人傾家蕩產。這點可從猶太民族有不少人家財萬貫，甚至足以左右政府證明。

但你必須問自己一個問題：被猶太人欺騙的人又有多正直？那些富可敵國的人真的是透過正當管道賺錢的嗎？至於那些奪權而走向毀滅的人，如果他們這麼輕易受騙，真的夠聰明嗎？

除此之外，大多數的掌權者都必須依靠別人，猶太人就清楚證明了這一點。這個主題可以討論很久，但其實答案很簡單：在玄虛的世界裡，人人倚靠謊言過活。有鑑於此，我們還能只譴責那些比別人獲得更多的人嗎？

至於猶太民族，現在任何民族也是半斤八兩，思想都史無前例地像程式般被設定。這些民族就像當初猶太人在荒漠流浪四十年，一味聽從故弄玄虛的言論，沒有看到神所創造的

2 羅斯（Rus），俄羅斯的古稱。

事物。

耶穌試圖解放他們的思想、拯救他的人民。為此，他創立新的宗教——一個不同以往的宗教，例如：他不說「以眼還眼，以牙還牙」，而是說「有人打你的右臉，連左臉也轉過來由他打」；不是說「神從地上的萬民中揀選你，特作自己的子民」，而是將人民稱為「神的僕人」。

耶穌可以把真相告訴他的人民，提到吠陀時期的人民可在家園接觸造物者天父的創造，過著幸福快樂的生活。但猶太人的思想已被設定，只相信故弄玄虛的行為，意識已被虛幻的世界壓抑。因此，耶穌決定以玄虛的方式對付，創立一個玄虛的宗教。

大祭司猜透耶穌的意圖，花了幾年時間絞盡腦汁，終於想出自己覺得最聰明的對策：不需與耶穌的佈道正面衝突，只要善用猶太民族的幾名棋子，讓他們潛伏在全世界的民族之中，同時保留以色列古老的宗教即可。後來的歷史也如大祭司的盤算實現。

自此，世界上同時存在兩種本質截然不同的教義。

一方遵循摩西的教導，認為猶太人是神的選民，其他民族都應臣服於他們；另一方根據耶穌的佈道，相信神之前人人平等，不能企圖凌駕他人之上，要愛你的鄰居和仇敵。

祭司明白，如果讓向世人宣導愛與謙卑的基督教傳遍全球，同時保留主張民族地位有別的猶太教，就能將世界一舉拿下。世人可能臣服於以色列人，但這個民族不過只是棋子，所以世人實際上是對祭司俯首稱臣。

祭司的傳教士走遍世界各地，虔誠地將新的教義帶給世人。

耶穌的教義嗎？不全然是，畢竟祭司加入了不少自己的教義。接下來的你都知道了：羅馬衰亡。但這個偉大的帝國並非外族入侵而滅亡，而是在信奉基督教後由裡而外垮台。皇帝以為基督教可以強化他們的君權，因為「君權神授」的教理而沾沾自喜，認為王位是神基於恩典所賜。

西元四世紀，基督教在名義和實際上成為羅馬國教。稱心如意的大祭司以無聲無息且不用接觸的方式命令拜占庭皇帝，促使基督羅馬燒毀亞歷山大圖書館[3]，全館七十萬零三十三

---

3 作者註：亞歷山大圖書館，最為知名的古代圖書館，藏有當時的所有著作。凱撒時期的藏書共計七十萬冊左右。西元三九一年，自然信仰者與基督教徒血腥衝突之際，圖書館所在的塞拉比斯神廟慘遭祝融之災。（《古蹟辭典》，進步出版社，一九八九年。）

冊藏書付之一炬。各地陸續燒毀書籍和古卷，大部分都是自然信仰時期的書籍，但也有少數記載吠陀時期知識的經典。這些經典當時沒有被燒毀，而是被一小群虔誠的人救了出來、私下研讀，只是後來還是無法躲過焚書的命運。

在大祭司眼中，世人已經和原始起源的知識漸行漸遠，所以他不會再遭遇任何阻礙。變本加厲的他又下了一道無形的命令，促使第二次君士坦丁堡公會議將復活論視為異端。你問為什麼？為了不讓人思考世間生命的本質。

為了讓人覺得幸福的生活只在世間以外，而世界真有許多民族開始相信這點。

祭司非常滿意。他能預知未來的情況，心想：無人知曉世間以外的生命，也不會知道如何進入美好的天堂，或者避免可怕的地獄。所以只要再給世人玄虛的訊息，就能進一步完成計畫。

祭司自此開始給世人各種對自己有利的訊息，卻始終無法將世界一舉拿下。甚至羅馬這個自然信仰文化的最強堡壘（他們這樣認為）倒下，他們仍然不得其果。世界上仍有一座孤島對祭司的魅惑不為所動。早在羅馬和耶穌佈道以前，大祭司就亟欲摧毀最後一個吠陀國度——羅斯——的文化。

7 與吠陀羅斯的祕密戰爭

與吠陀羅斯的戰爭發生在耶穌誕生和羅馬衰亡的很久之前。這場持續數千年的戰爭不是刀槍爭得你死我活，玄虛力量是朝非物質層面發動攻擊。

玄虛宗教的傳教士來到羅斯，其中數十人的名字現仍載於教會經典，但當時其實超過上萬人。不能怪他們的誤入歧途。他們是狂熱份子，連宇宙中百萬分之一的創造都不在他們的思想裡。他們淪為祭司的棋子，畢恭畢敬而不吭一聲地執行他的命令，企圖教導眾人如何生活。他們的說法和當初對輝煌一時的羅馬帝國傳教時如出一轍。

他們介紹各種儀式、提議興建神殿，毫無提及世間的生命和大自然，接著宣稱天堂國度會為每個人降臨。我不想唸出他們的傳教說詞而讓你覺得負擔，如果你想知道的話，現在仍可讀到他們說了什麼。我要告訴你的是，為什麼數千年來，他們始終無法對吠陀羅斯做出任何事。

當時羅斯每兩人就有一人是詩人和智者，還有一群人稱「巴揚」的吟遊歌者。當時的情況是這樣的：數十年來，祭司的棋子不停地對羅斯宣導需要膜拜神。各地開始有人聽聞後反思，有位巴揚見狀卻只是一笑置之，編出一則寓言後加以傳唱。不久後，這則寓言便傳遍羅斯。在接下來的十年內，羅斯都對祭司的這種傳教說詞付之一笑。惱羞成怒的祭司發動新的攻勢，但羅斯又會出現新的寓言，再次大笑而不予理會。從當時眾多的寓言中，我選了三則與你分享。

神應住在哪座神殿（阿納絲塔夏的第一則寓言）

在地球上的眾多聚落中，有個地方住著一群幸福的人。村裡共有九十九戶人家，每戶都有一幢雕樑畫棟的房子。周圍的花園每年開花結果，蔬果均由家人親自栽種。村民開心地迎接春天，也很享受夏日的時光。在一連串歡樂而友好的節慶裡，出現一首首歌曲和圓環舞。冬天時，村民不再天天歡欣鼓舞，而是仰望天空沉思，看看自己能否讓天上的星星和月亮交織成更美的圖案。

每隔三年的七月，村民聚在聚落邊緣的林間空地。神每隔三年都會以常人的聲音回答他們的問題。雖然常人看不見祂，但都能感受祂的存在。祂會和每位村民決定如何讓未來的生活更加美好。村民與神的對話有時充滿哲理，有時簡單又充滿趣味。

舉例來說，就曾有一位中年男子起身對神喊話：

「神啊，祢怎麼可以這樣？今年夏天我們在日出歡慶時，祢把我們淋成落湯雞。雨像瀑布般從天落下，一直到中午才放晴。祢怎麼了，是睡到中午嗎？」

「不是睡覺。」神回答，「我從日出便開始思考，如何為你們的慶典增添光采。我卻看到你們有些人去慶典時懶得用淨水沐浴，怎麼可以這樣？不潔淨的外表會壞了慶典，我才決定先幫大家沐浴，再把烏雲吹散，讓陽光愛撫每個以水洗淨的身體。」

「好吧，如果真是這樣的話……」男子認同，撥掉鬍子上的食物碎屑，再替兒子擦去嘴邊的漿果汁液。

「神啊，告訴我，」一位若有所思的年邁哲學家問，「天上有這麼多顆星星，它們奇妙的排列有什麼意義嗎？如果我選出一顆中意的星星，等我厭倦地球的生活時，可不可以和家人一起搬到那裡？」

「夜空發亮的天體排列述說了全宇宙的生命。只要你全神貫注但不要有壓力，你的靈魂就能讀到這本天書。這本書不會對遊手好閒或純粹出於好奇的人敞開，只供思想純淨且有意義的人閱讀。你當然可以搬到星星上生活，每個人都能自由地選擇宇宙的星球，但是有個唯一的條件必須注意：你要能在所選的星星上，創造比地球更好的創作。」

一位非常年輕的女孩從草地上跳起來，把淡褐色的辮子甩到背後，抬頭露出尖挺的鼻子，輕佻地把手放在臀部，突然對神呼喊：

「神啊，我要跟祢抱怨一件事。兩年來，我一直很沒耐心地等著跟祢抱怨。我要告訴祢，地球上有個不尋常的怪現象。大家都像一般人一樣戀愛、結婚、過著幸福快樂的生活，但我做錯了什麼？每年初春時，我的臉上就會出現雀斑，怎樣也洗不掉或遮不住。神啊，祢怎麼這樣？在逗我玩嗎？我求求祢，明年春天別再讓我的臉上長雀斑了。」

「我的女兒啊！那些不是雀斑，而是春天在妳漂亮的臉蛋留下印記，但我也可以照妳的意思稱之為雀斑。如果妳覺得雀斑煩人，明年春天我就不讓它出現。」神回答女孩。

此時，林間空地的另一邊有位英俊挺拔的少年起身，低頭悄聲地對神說：

「我們春天有很多事要忙，神祢還得試著全程參與，為何還要費心處理雀斑呢？我倒覺得那些雀斑很美，想不出來有任何畫面比有雀斑的女孩更美的了。」

「那我該怎麼辦？」神若有所思地說，「女孩求我，我也答應了……」

「什麼怎麼辦？」女孩再次打岔，「大家都說了，祢不該管我的雀斑，應該去忙其他重要的事情……但既然提到雀斑，請祢在我的右臉上多點兩顆吧，這樣比較對稱。」

神露出微笑，這可從大家都在笑看得出來。他們知道，村裡很快就會多出一個相愛而美麗的家庭。

村民和神一起住在那座獨特的村落。後來村裡來了一百位智者，村民照例開心地拿出美食佳餚款待客人。智者品嚐美味至極的水果後為之驚艷，其中一位開口：

「你們過的生活真是美好且井然有序，每個家庭都很美滿舒適，可是你們與神的溝通欠缺文化：沒有對神膜拜，也未讓神榮耀。」

「但為什麼要這樣？」村民試圖反駁。「我們像對彼此那樣與神溝通。雖然每三年才對話一次，但祂每天化作太陽升起，每年初春變成蜜蜂在房子四周忙碌，每逢冬天以白雪覆蓋大地。我們知道祂為我們做了哪些事，所以時時刻刻都很開心。」

「你們溝通的方法不對。」智者說，「我們是來教你們如何與神溝通的。現在全世界的人都在為神蓋皇宮和神殿，讓人可以每天在裡面與祂溝通。我們也要教你們這樣做。」

接下來的三年內，村民仔細聆聽百位智者的教導，但每位智者對如何為神蓋出最好的神殿、每天要在神殿裡做什麼，都有不同的見解。每位智者各有一套理論，使得村民不知道該聽誰的。況且，到底要怎麼做，才不會冒犯智者？他們決定聽從所有智者的建議，把所有神殿建造出來，每個家庭負責一座。然而，村裡只有九十九戶，但智者有一百位。智者聽到村民的決定後非常擔心，因為會有一人沒有神殿而拿不到供品。他們開始爭吵誰的拜神方法最有效，也讓村民捲入這場紛爭。他們越吵越烈，導致他們多年來第一次忘記與神溝通的時間。他們打破往例，未在指定的日子聚在林間空地。

又過了三年，村裡林立九十九座雄偉的神殿，民屋卻不再光鮮亮麗。部分的蔬菜沒有採收，果園的水果也被蟲蛀爛。

「這都是因為，」每座神殿的智者都說，「你們的信仰不足。必須把更多供品帶到神殿，還要更積極、更頻繁地拜神。」

只有那位沒有神殿的智者向一位村民說了悄悄話，接著對第二位耳語：

「所有人都做錯了，神殿的結構全部蓋錯，膜拜的方法和用字也不對。只有我能教你們如何每天與神溝通。」

只要成功拉攏一位村民，就會出現一座新的神殿，現存的某座神殿因此破敗。沒有供品的智者又會開始暗中毀謗其他智者，就這樣年復一年。某一天，村民想起他們曾經聚在林間空地聽神的聲音，於是再度走到那裡開始提問，希望神像以前一樣聽到並回答他們。

「回答我們，為什麼我們的果園被害蟲蛀光了？為什麼我們的菜圃不再每年盛產了？為什麼大家開始起口角、打架、爭執，選不出來對所有人最好的信仰呢？告訴我們，祢住在我們為祢建造的哪座神殿裡？」

過了很久，神都沒有回答。後來終於傳來祂的聲音，聽起來卻很疲憊，不像以往那樣開心。神對人群回答：

「我的兒女啊，你們的房子、四周的花園現在會荒廢，是因為我沒辦法憑一己之力做所有的事。我的夢想起初就已想好，只有和你們才能一起創造美好，你們卻常丟著房子和花園不顧。我無法獨自創造，必須與你們共同創造。此外，我還想告訴你們：你們都擁有愛，也有選擇的自由，我的夢想隨時都可跟從你們的渴望。但我親愛的兒女啊，你們得告訴我，我要住在哪座神殿。我對你們一視同仁，所以我應該住在哪裡，才不會冒犯任何人呢？就由你們決定我該住在哪座神殿，我會欣然接受你們的共同意志。」

神回答所有人後便不再說話。村落不復以往美好的居民至今仍舊爭論不休，房子年久失修而殘破不堪。神殿卻越蓋越高，爭執也越演越烈。

「阿納絲塔夏，妳說的只是編造出來的童話式寓言。那座村落的居民真的很笨，怎麼會不瞭解神想和每個人一起照顧花園呢？況且妳說那些笨蛋至今還在爭吵，那麼這座村落在哪裡？哪個國家？可以告訴我嗎？」

「可以。」

「告訴我吧。」

「弗拉狄米爾，你和世界各地的人現在都住在這座村落。」

「什麼……啊，說得沒錯，正是我們啊！我們一直在吵哪種信仰比較好，卻放任我們的菜園遭受蟲害！」

天堂最好的地方（第二則寓言）

四兄弟來到墳前悼念去世多年的父親時，突然想知道父親是在天堂，還是地獄。他們同時希望父親的靈魂可以現身，告訴他們另一個世界的生活如何。父親的形體出現在美妙的光暈中，四兄弟看到彷彿奇蹟的景象後興奮不已，回過神後問父親：「爸爸，告訴我們，你的靈魂現在住在天堂嗎？」

「是啊，兒子。」父親回答他們，「我的靈魂住在美好的天堂。」

「爸爸，告訴我們，」四兄弟接著問，「我們的肉體死後，靈魂會到哪裡去？」

父親對四兄弟提問：「兒子，先告訴我，你們對自己在世間的行為有什麼評價？」

四兄弟一一回答父親。大哥說：

「爸爸，我成了優秀的將領，保家衛國，不讓敵人靠近半步。我從未欺負弱小，盡力照顧部屬，時時刻刻榮耀神，所以我希望可以上天堂。」

二哥回答父親：「我成了赫赫有名的傳教士，向世人傳播良善，教導他們榮耀神。我的成就超越同儕，享有崇高的地位，所以我希望可以上天堂。」

三弟回答父親：「我成了家喻戶曉的科學家，發明很多器具造福人類，蓋出很多有用的建築。每次的建設規畫都是讚美神，歌頌並榮耀祂的名字，所以我希望可以上天堂。」

四弟回答父親：「爸爸，我種了一片花園，每天照顧菜圃，從美麗的花園摘下蔬果送給哥哥，不做讓神蒙羞或不開心的事，所以我希望可以上天堂。」

父親回答兒子：「兒子啊，你們的靈魂都會在肉體死後上天堂。」

父親的形體消失了。過了幾年，他們死後，靈魂在天堂樂園中相遇，唯獨不見四弟的靈魂。三兄弟開始呼喊父親，等他出現在美妙的光暈時，他們問道：「爸爸，告訴我們，為什麼四弟的靈魂不在天堂樂園？我們上次在墳前與你說話後，世間已經過了一百年。」

「兒子，別擔心。你們的四弟也在天堂樂園，只是目前不在你們身邊，因為他正在與神溝通。」父親回答兒子。

又過了一百年，兄弟在天堂樂園再度碰面，卻又不見四弟。三兄弟開始呼叫父親，等他現身時問他：「又過了一百年，四弟還是沒來見我們，也沒人在天堂樂園看到他。爸爸，告訴我們，四弟去哪裡了？」

父親回答三兄弟：「四弟正在與神溝通，所以不在你們身邊。」

三兄弟於是請父親告訴他們，四弟是在哪裡、用什麼方式與神溝通。「你們看。」父親回答他們。他們看到地球有一座美好無比的花園，那是四弟生前所種的成果。四弟就在那座美好的世間花園。看起來更年輕的他正在向自己的孩子解釋，漂亮的妻子則在一旁忙碌。三兄弟驚訝地問父親：「四弟還在地球的花園裡，不像我們上了天堂，他在神面前犯錯嗎？為什麼他的肉體沒死？地球過了幾百年，他為什麼看起來還這麼年輕？難道神改變了宇宙秩序嗎？」父親回答三兄弟：「神沒有改變宇宙秩序。秩序從一開始就在受靈感啟發的愛之中，以極大的和諧創造出來了。四弟的肉體死過，而且不只一次，但對靈魂最好的地方，是由雙手和靈魂親自創造的天堂樂園。就像對慈愛的父母而言，子女的創造絕對是最美的。依照神聖的秩序，四弟的靈魂一定會到天堂樂園，不過既然這種樂園就在地球，靈魂才立刻回到他珍愛的世間花園，進入新的肉體。」

「告訴我們，爸爸，」三兄弟繼續問，「你說四弟正在與神溝通，但我們沒有看到神在他的花園呀。」

父親回答三兄弟：「兒子啊，四弟在照顧神的創造，一草一木正是造物者化為形體的思想。四弟帶著愛與意識接觸它們，就是在與神溝通。」

「告訴我們，爸爸，我們還能以血肉之軀回到地球嗎？」三兄弟問父親，而他回答：「兒子，你們的靈魂目前待在天堂，只要有人在地球上為你們的靈魂創造類似天堂的樂園，你們就能獲得肉體。」

三兄弟驚呼：「樂園不是為別人的靈魂以愛創造的！如果我們可以獲得肉體，一定要自己在地球上創造天堂樂園。」

但父親回答兒子：「兒子啊，這個機會早已賦予你們了。」

父親回答後默默遠去，但三兄弟再次呼喊父親，問他：「親愛的父親，告訴我們，你在天堂樂園的哪裡？為什麼你要離我們遠去？」

父親停了下來，回答三兄弟：「你們看四弟的花園！他旁邊有棵茂密的蘋果樹已經盛開。樹下的小搖籃躺著一個漂亮的小嬰兒。他才剛起床，在揮揮小手，而我的靈魂就在他的體內，畢竟這座美好的花園是由我開始創造的……。」

最富有的未婚夫（第三則寓言）

接下來的這則寓言，我會稍微改編一下，讓它比較符合現代的時空環境。

某個村落住了兩戶相鄰的人家，兩家人彼此熟識，開心地在自家土地上耕耘。每逢春天，兩家的花園都會盛開，各自的小樹林也會長高。他們各有一個兒子。孩子長大後的某一天，兩家人聚在一起享用大餐。吃飯時，他們做了一個堅定的決定：讓兒子掌管所有家務。

「之後就讓兒子決定要種什麼吧，我和你──我的朋友──不能對他們使眼色、提示或甚至反對他們。」其中一人說。

「沒問題。」另一人說，「放手讓兒子隨心所欲地改建房子、自己選擇衣服，以及決定需要哪些家禽和其他家當。」

「好。」另一人回答，「就讓兒子獨立自主，自己選擇合適的妻子。我的朋友，我們再一起幫兒子找對象。」

兩人於是做出決定，妻子也支持他們。兩家人開始接受成年兒子的管理，自此開始有了不同的生活。

一家的兒子變得非常活躍，總是想到身邊的人，村裡因此把他視為第一。村民覺得另一家的兒子猶豫不決又慢慢吞吞，把他視為第二。第一的兒子砍伐父親種植不久的樹林，鋸斷後拿到市場販售。他買了一輛小車取代馬車，以及一輛小耕耘機。他變得很有生意頭腦，算出來年的大蒜價格會飆漲，後來還真如他所言。他拔掉自家土地的所有作物，改種大蒜。父母履行之前的承諾，在各方面盡力幫助兒子。一家人靠著大蒜賺了不少錢，聘請建築工人用先進的建材蓋了一幢大宅。不過有生意頭腦的兒子沒有因此懈怠，反而從早到晚思考春天種什麼作物比較賺錢。冬天結束前，他預測春天種洋蔥最有利可圖。後來的確又賣得不錯，於是他買了一輛自己覺得很高級的轎車。

某一天，兩家的兒子在田野小路上相遇。一人開著轎車，另一人駕著好動母馬拉動的馬車。成功的生意人停下車子，兩人聊起天來：

「鄰居啊，你看我開著高級車，你還在靠馬車代步；我蓋了一棟大宅，你還住在父親老舊的房子。既然我們的父母熟識，我也能以鄰居的身分幫你。如果要的話，我可以告訴你現在種什麼比較賺錢。」

「謝謝你好心想幫我，」駕著馬車的鄰居回答，「但我很珍惜現在的思想自由。」

「我沒有要妨礙你的思想自由，只是真心想要幫你。」

「謝謝你真心想要幫我，親愛的朋友。但思想自由會被沒有生命的東西剝奪，比如說你現在開的車子。」

「車子怎麼剝奪自由？它可以輕而易舉地趕過你的馬車。多虧有了車子，我能在你進城前，就把事情做完。」

「是啊，你的車子確實可以趕過我的馬車，可是你得坐在駕駛座，時時刻刻抓著方向盤，一路上不停地切換某些東西，緊盯儀表板和前方的路況。我的馬兒雖然比你的車子慢，但我不需費心駕駛，所以思考不會分神。我還可以睡覺，馬兒會自己載我回家。你說車子還有加油的問題，但我的馬兒會自己去牧場吃草。話說回來，你現在開車趕著去哪裡呀？」

「我要買一些備用零件，我知道自己的車哪裡快壞了。」

「所以你很瞭解這種技術，甚至可以精準地預測所有損壞嗎？」

「沒錯，非常瞭解！我上了三年的專業技術課程。如果你記得，我之前有邀你一起去上課。」

「所以你三年來一直把心思放在這種技術上，放在會老舊毀損的東西上。」

「你的馬兒也會老死。」

「是啊，會老。但在變老前，牠會生出小馬，小馬長大後，我就可以騎。有生命的東西會永遠為人類效勞，但死的東西只會縮短人的壽命。」

「全村的人都在笑你的觀念，他們覺得我成功又富有，而你只是靠父親的錢過活。父親土地上的樹木和灌木品種，你連換都沒換過。」

「但我愛它們，我一直努力瞭解每種植物的使命，以及它們之間的關係。我用我的眼神和碰觸，使開始凋零的植物重獲生機。現在每逢春季，所有植物都會盛開，不需外力的干擾。它們一心期待在夏季和秋季供應我們果實。」

「朋友啊，我只能說你真的很怪。」生意人嘆了一口氣，「你所有心思都在照顧及欣賞你的家園、花園和花朵，又說自己的思想自由不受限制。」

「是啊。」

「為什麼需要自由的思想？這有什麼好處？」

「這樣我才能瞭解所有偉大的創造，為了讓自己更幸福、為了幫助你。」

「幫助我？你在想什麼啊！我可以娶到村裡最好的女孩，所有女孩都會為我瘋狂。他們都想變富有：住大房子、坐我的車。」

「富有不等於幸福。」

「貧窮就會幸福？」

「貧窮也不好。」

「不是富有，也不是貧窮，那是什麼？」

「人人都要恰如其分，自給自足也是不錯。必須意識到周圍發生的事，畢竟幸福不是一蹴可幾。」

生意人露出一抹微笑，很快地繼續上路。一年後，兩人的父親再度碰面，決定為兒子介紹對象。他們分別問兒子想娶村裡的哪個女孩，有生意頭腦的兒子回答父親：

「爸爸，我喜歡村裡長者的女兒，想把她娶回家。」

「兒子，你的選擇很棒。村裡長者的女兒是這裡公認最美的人，鄰村和外地來這兒的人看到她都會為之驚艷，只是她的性情有點古怪。她的想法很特別，連父母都猜不透她。雖然有些人覺得她很怪，每個村落卻有越來越多女人找她求助、請她治病，甚至帶孩子來見這位年輕的少女。」

「那又何妨，爸爸？我又不是無能之輩，全村沒有房子比我們的寬敞，沒有車子比我的高級。況且，我還看過她兩次意味深長地盯著我看。」

另一個父親問兒子：

「村裡你最喜歡哪個女孩，兒子？」

兒子回答：

「我喜歡村裡長者的女兒，爸爸。」

「她如何看你呢，兒子？你曾看過她用愛的眼神看你嗎？」

「沒有，爸爸。我與她碰巧相遇時，她總是低下眼神。」

兩家人同時決定為兒子作媒。他們走進她家，彬彬有禮地坐著，而長者請女兒出來，告訴她：

「女兒啊，妳看有兩個媒人來家裡，他們的兒子都想娶妳為妻。我們決定讓妳從兩人之中選出如意郎君，妳現在可以告訴我們答案嗎？還是要考慮到明天早上？」

「爸爸，我已經在夢中考慮好幾個早上了。」少女小聲地說，「現在就可以和你們講答案。」

「說吧，我們迫不及待了。」

美麗的少女這樣回答前來的媒人：

「兩位父親，謝謝你們的關注，謝謝你們的兒子想與我共度餘生。你們的兒子都是人中之龍，或許很難選擇要把自己的命運託付給誰。不過我想生孩子，希望孩子過得幸福、富足，希望孩子在自由和愛中成長，所以我愛的是最富有的人。」

生意人的父親驕傲地起身，另一個父親則低頭坐著。然而，少女走向第二個父親，跪在他的面前，眼神低垂地說：

「我想與您的兒子一起生活。」

長者起身。他希望看到女兒嫁進村裡最富有的人家，所以嚴厲地說：

「女兒啊，妳原本說得不錯，妳的理性思考讓做爸爸的我很開心，但妳怎麼不是跪在村裡最富有的人家面前呢？村裡最富有的是另外一個，是他呀！」

長著指著生意人的父親，繼續說道：

「他們的兒子蓋了一棟寬敞的房子，有車、有耕耘機，還有錢。」

少女走向父親，回答他嚴厲又讓人困惑的話：

「爸爸，你說得當然沒錯，但我說的是孩子。你剛說的那些東西對孩子有什麼用？他們長大後，耕耘機會壞、車子會耗損、房子會破敗。」

「或許吧，或許妳說得沒錯，但孩子會很有錢，可以再買新的耕耘機、車子和衣服。」

「我想知道，多少才叫很有錢？」

生意人的父親自豪地摸摸鬍鬚，緩慢而鄭重地回答：

「小兒有錢的程度，如果家裡所有東西想再多買三個，他可以一次買完。還有鄰居的那些馬呀，他不只買得起兩匹，甚至可以買好幾匹塞滿馬廄。」

少女溫和地低垂著眼神回答：

「祝您和令郎過得幸福，但世界上沒有錢買得到父親的花園。那裡的每根樹枝無不帶著愛，只向耕種花園的人伸去。錢也買不到馬兒的忠誠，他們像小馬一樣跟孩子嬉戲。您的家園可以賺錢，但我愛人的家園會是富足又充滿愛的空間。」

祭司改變策略

在這場持續數千年的戰爭中，祭司好幾次改變策略，卻都徒勞無功。羅斯依舊嘲笑他玄虛的計謀，大家把傳教士視為可憐蟲，但不是指身體殘疾，而是說他們迷信玄虛。羅斯人同情這些可憐的傳教士，供他們吃住，但並未認真看待他們的傳教。

四百世紀後，祭司明白自己永遠贏不了吠陀文化。他清楚知道吠陀有哪種不可思議的力量。

吠陀穩穩扎根於神聖的文化上，人人過著神聖的生活。每個家庭都在家園裡創造愛的空間，感受整體大自然，也就是神所創造的一切。

事實上，吠陀人是透過大自然與神溝通。他們不會膜拜神，而是試著理解祂，像子女愛慈愛的父母那樣愛神。

祭司於是想了新的計畫要破壞這種神聖的對話。為此，他必須讓人遠離家園、遠離神聖的花園、不能再與神共同創造。他必須讓吠陀人的領土分裂成不同國家，藉此摧毀他們的文化。

新的一批傳教士來到羅斯實行新的計畫。他們現在企圖尋找自負——高傲——勝過其他感覺能量的人，就算只有一點也行。只要找到這種人，他們就會盡力餵養他們的高傲。他們的計畫是這樣的：

你想像一下，一群相貌堂堂的長者來到一個幸福的家庭。但他們不像之前那樣企圖傳教、教導如何生活，反而突然跪在一家之主面前，送上奇珍異物，對他說：「我們在遙遠的國度爬上一座高峰，世界上沒有更高的山了。我們站在比雲層還高的位置時，天上傳來一個聲音，告訴我們你是世界上最聰明的人，你是萬中選一的人。我們久仰大名而向你膜拜、為你送上大禮，傾耳細聽你的至理名言。」

他們如果看到對方掉入陷阱，就會繼續他們陰險的話術：「你要讓所有人幸福，山上的聲音這樣告訴我們。你不應該將寶貴的時間浪費在別的事物上，必須統治人民，為他們做出託付於你的決定。這是天賜給你的頭冠。」

此時，他們把裝飾寶石的頭冠獻給他，當作世上最好的寶物。

戴上頭冠的他覺得自己至高無上，相信自己是萬中選一的人。所有訪客立刻向他跪拜，感謝上天讓他們臣服於眼前偉大的君主。後來，訪客為他建造一棟類似神殿的建築。

這就是吠陀羅斯首批公爵的由來。

鄰居好奇地看著此人坐在神殿的王位，發現多位外地人對他跪拜、滿足他隨時的興致、提出各式各樣的問題。

他們起初以為這是外來的遊戲，出於好奇或同情地決定加入這群外地人和自己的鄰居。他們後來卻越陷越深，漸漸變成奴隸，渾然不知自己的思想離創造越來越遠。

祭司所派的傳教士花了好一番功夫才建立公國，最初的一百多年屢遭失敗，但終究成功將吠陀羅斯分裂成好幾個公國。

後續發展都在預料之內：公爵開始爭權奪利，與鄰國相互殘殺。

後來歷史學家寫道，大公起身統一分崩離析的羅斯公國，建立一個強大的國家。但你自己想想看，弗拉狄米爾，真的是這樣嗎？歷史學家所說的統一是什麼意思？事實上，答案很簡單，就是某個公爵有能力殺掉或征服其他公爵。然而，可以團結人民的只有文化，只有生活方式。

劃定界線無非代表分裂。一旦國家的形成不是依據生活文化，而是一兩人和所屬軍力的人為權威，就會立刻衍生很多問題，像是如何維護界線、趁機拓展疆域，所以才要擴大軍事實力。

一人無法統治大國，因此出現文武百官。人數一天比一天多，現在亦是如此。公爵、官員、商人和所有僕人的出現，正是代表這個族群遠離了神的創造，任務變成創造人工的世界。他們失去感受真相的能力，淪為孕育怪力亂神的溫床。

不過一千年前，羅斯還是自然信仰的國度，保留了一點神聖吠陀文化的精神。但隨著公爵和公國的出現、公國日益壯大，統治者需要一個比軍隊強大的力量，透過這種力量創造心甘情願臣服的人。

為此，祭司再派信使輔佐公爵，為他們介紹一個適合的宗教。

這種新氣象深得公爵歡心，但其實沒什麼新的概念，一切都和五千年的埃及大同小異。公爵和法老同樣被認為是君權神授，新宗教的玄虛神職人員輔佐公爵，就和埃及如出一轍，其餘的人都只是奴隸。至於那些仍然記得吠陀文化慶典的自由人民，很難把這種觀念灌輸給他們，於是祭司又幫了公爵一次。他的棋子開始散播不實消息，造謠自然信仰的人民越來越常向神活人獻祭。

大家聽說自然信仰的獻祭不只是用動物，還會犧牲漂亮少女、少男或小孩的生命。這種不實的謠言甚至流傳至今。這在當時激起大眾對自然信仰的反感，他們再趁機宣傳嚴禁獻祭的新宗教。他們談論人人平等、兄弟友愛，但這當然不包括公爵。新宗教就這樣一點一滴滲透自然信仰的羅斯，後來甚至有位大公將基督教訂為真正且唯一的信仰，其他宗教都遭禁止。

只要讓一千年前祖先——母輩或父輩——是自然信仰的人問問自己，自然信仰真的會以活體或活人向神獻祭嗎？只要用邏輯思考一下，哪怕只是短短九分鐘，人人都能看到一切的真相。

弗拉狄米爾，你也可以用邏輯自行找出真相。我會稍微幫你。

先問自己一個邏輯問題：如果自然信仰真如指控的那樣向神活人獻祭，為什麼這樣的謠言會讓他們的身心感到不安？照理來說，他們應該很歡迎這些說詞，並且熱衷地複誦，而不是憤怒得接受新的宗教。但聽到的人很氣憤，為什麼？這不就是因為自然信仰的人沒辦法接受將動物獻祭，更別說是活人了嗎？

正是因為如此，至今仍然無人可以提供任何證據，證明自然信仰的羅斯人會活體獻祭，只有基督教的紀事這樣說過。畢竟，他們從未待在自然信仰的羅斯，甚至不知道當地的語言。那羅斯自己的史料和經典到哪兒了?部分藏了起來,部分毀於大火,就和羅馬一樣。那些古籍究竟有什麼煽動的言論?揭露了什麼內容?現代人無緣取得這些書,所以也只能猜測。內容大概是揭發對自然信仰的不實指控,以及傳承吠陀文化的智慧。事實上,自然信仰的羅斯無人以血獻祭外,也完全不吃肉,甚至想都沒想過。自然信仰的他們和動物相親相愛,每天的飲食非常多樣,但完全取自植物。有誰可以從古俄羅斯菜餚的食譜中找到有提及肉的?沒有人!

民間故事甚至談到,羅斯如何善用蕪菁及飲用蜂蜜酒。只要讓現代人嚐一口這種由花粉和草製成的溫蜂蜜飲料,就算是吃肉的人,喝完後也不會想再吃其他東西,更別說是肉了。

況且,弗拉狄米爾,你自己判斷一下,如果周圍有一大堆好消化又高熱量的食物,為什麼強逼自己進食的人只會覺得肉令他們作嘔。

蜜蜂冬天只吸食蜂蜜和花粉,所以蜂房整個冬天都沒有排泄物。

蜜蜂進食的所有東西都由體內吸收。人類將蜂蜜煮成熱蜜水,常常在客人進門時立刻端上。喝完這種甜飲後,誰還想吃肉呢?吃肉的行為是由游牧民族引進全世界的。他們在沙漠和草原時，沒有找到什麼食物，所以才殺死家畜。那些動物為他們承擔遊牧生活的重擔——載運他們的家當、給他們喝奶、供給他們做衣服的毛，卻被他們殺掉來吃。

我們祖先的文化就是這樣遭到破壞，羅斯最後投身於宗教信仰。如果是純粹而真正的基督教，或許現在的生活會有不同的景象。然而，祭司在基督教中設下陷阱，同個宗教開始出現不同的解讀。自此，基督教世界出現各種對立的教派。大祭司對羅斯花費了很大的心力，其他地方看到他的行為後，決定不讓他的傳教士踏入國境。日本、中國和印度並未信仰基督教，但大祭司用了其他辦法征服他們。玄虛時期已在一千年前進入千禧年，全世界的人都身處其中，至今仍然如此……

8 玄虛

但只持續了一千年。

玄虛時期的人類被困在虛假的世界。

人類開始將大量的能量投入幻想的意象和抽象的世界，遠離真實生命的疆界。多元的真實世界越來越少獲得人類賦予生命的暖意，只能依靠過去累積的能量和最初的神聖能量延續。

人類不再履行重要的使命，開始為宇宙帶來危險，造成許多全球浩劫。

全人類至今仍然活在玄虛世界，但這個時期已在兩千年結束。事實上，「兩千年」這種紀年當然並不正確。

你也知道，紀年不久前才變過一次。若以上一個紀年方式計算，所謂的「兩千年」應是地球上文明的第一百萬年。

依照往例，全球應會發生浩劫，更精確地說，人類會重新開始透過自身的完美瞭解宇宙。但玄虛時期從未發生任何災難。

僅僅三個未沉睡的吠陀人，即可為現代人解除部分的玄虛催眠魔咒。你還記得，讀者在讀完你的書後，內心是如何出現悸動，是如何想起對土地的愛。他們雖然還在沉睡，但神的吠陀文化力量已經重回他們體內，神也重新燃起希望。雖然尚未完全清醒，但他們的愛已讓他們避免災難。而現在，這不會發生在我們的星球。

不久後，所有人都會脫離玄虛的催眠狀態，開始回到現實生活。

聽到現代人都被催眠或活在虛假世界時，你很訝異嗎？你可能會想：「這怎麼可能？我就在這裡，大大小小的城市也住了很多人，滿街都是汽車。」

你不要急著對我的話感到驚訝，弗拉狄米爾。你自己思考並判斷一下，現代人有哪一季、哪一天或哪一小時活在真實世界？舉例來說，你回想看看，現在全球有多少個宗教？他們對人類的本質和世界次序都有不同的解讀，各有一套特別的儀式。

假設某一個宗教是最真實的，那就表示其他宗教都在建立虛假的世界，但畢竟還是有人相信。相信的人等於是靠虛假世界的法則生活。

現在世界各地有越來越多人汲汲營營地賺錢，但錢除了是種約定俗成的東西，還能是什麼？大家以為錢能買到一切。癡人說夢。沒有人可以用錢買到真正的愛的能量、母親的感受和家鄉。特地為帶著意識栽種的人而生的果實，它們的美味也是錢買不到的。

錢是約定的東西，只能買到有條件的愛。如果為了錢而讓身邊充滿沒有靈魂的物品，你的靈魂就會陷於孤獨。

在玄虛的千禧年，人類已經完全迷失方向，遠離神所創造的空間。人類的靈魂橫衝直撞，宛如困在黑暗之中。

你仔細觀察，弗拉狄米爾。在過去短短的一百年內，國內的社會走向就有多麼劇烈的變化。

以前有沙皇和世俗法律，達官顯要穿戴各種徽章、獎章和彩色勳章綬帶，身穿手織制服。你所在的國家到處興建修道院和教堂。這些卻在一夕之間遭人唾棄，制服、獎章和綬帶被人視為小丑的服裝，教堂成為愚民的象徵，神職人員淪為騙徒。

眾人一窩蜂地破壞教堂，瘋狂地殺害故弄玄虛的神職人員。我們後來以為罪魁禍首是蘇聯政府。是啊，的確是政府號召人民做這些事情，但畢竟人民也沒有反抗，一味地聽從領袖偶像的號召。

你也能從保存至今的史料得知，庫班地區曾有四十二位東正教的神職人員慘遭殺害。他們不是被殺而已，生前更慘遭凌虐，屍體被丟進糞坑。這絕非領袖一人所為，民眾也樂見其成。領袖只是允許這種行為。最後，全國共有數千名神職人員遇害。無法逃走的只能放棄信仰，同時保留性命與信仰的人極為少數。

國內大多數的人成為堅定的無神論者，並且改變衣著：勳章和授帶換了形狀和顏色。不少分析家和歷史學者寫了有關蘇聯時期的書，但是……後人聽到列寧和史達林時，只會脫口而出一句話：「世人首次清楚地看到，玄虛已經走到終點。即使沉睡中的人，也不會接受故弄玄虛的宗教。玄虛只是藉著人類的伎倆和暴力得以存在。」他們對神的信仰並未遭到破壞，只是滲透信仰的玄虛遭到貶抑罷了。

在上個千禧年中，光在俄羅斯這個地方，統治者就如此成功地改變人民的思潮。宗教遭到眾人貶低，改信共產主義，但這實際上也是一種信仰。

不久前，人民的思潮又有劇烈變化，這你也親身經歷過。先前舉國狂熱的方向被人視為歧途，著重的目標又換了一次。

人民選出新方向了嗎？完全沒有！人民根本不知何去何從。在玄虛的虛假世界中，從來不是人民自己選擇道路，都是有人指引他們。是誰？大祭司，他至今仍在統治全世界。

他現在如何統治世人？為什麼沒有人可以推翻他？他在哪裡？你看，我可以讓你看他。

至今仍在統治世界的祭司

現在你看到一位老翁，別被他一般的外表嚇到。如你所見，他的服裝和行為舉止都與大多數人無異，身旁也是你司空見慣的東西。他的房子沒有那麼大，只有兩個管家。他有家庭——妻子和兩個兒子，不過連家人都不知道他的真實身分。但他仍有一個外表異於所有人的地方。如果你仔細觀察他，就會發現他整天獨來獨往，臉上總是一副深思的樣子。吃飯時、與妻子講話時（雖然兩人鮮少聊天），他的眼睛彷彿蒙上一層紗。甚至當他看電視時，眼睛會微瞇，從不顯露驚訝或露出笑容。事實上，他幾乎沒在看電視，只是假裝在看，心裡不斷想著自己的事情。他在著手龐大的計畫，控制所有國家的行動。他是祭司朝代的大祭司，繼承了玄虛的知識，後來也會傳給其中一個兒子。只要短短一年，他就能將所有知識口頭傳給兒子，過程神祕到連繼承人都沒有察覺——祭司一直在為兒子培養特定的能力。

世界的所有錢都歸大祭司所有，所有錢都是為他而賺，連你現在口袋的錢也不例外。別訝異，我會告訴你這是怎麼回事、怎麼辦到的，以及為什麼大祭司不住在戒備森嚴的城堡，反而選擇棄奢從簡。

大祭司之所有沒有隨扈，是因為他清楚知道權力越引人注目，越需要更多的保護。然而，即使隨扈再多，甚至數十萬人，也可能無法保護世間的統治者。以前就有守衛背叛或殺害統治者的例子。此外，隨扈還會帶來很多麻煩。統治者有時必須遵守隨扈的規定，向他們告知自己的動向，例如即將成行的參訪。

有了隨扈，隨時都得受人監視，這會讓他很難思考。

隱藏真實身分反而比較可靠且簡單，還能避免敵對者、爭權者或狂熱份子對付自己。

你現在可能會想：「要統治如此龐大的人數，怎麼可能沒有助手、管理人或代理人，甚至不用立法及懲罰違法的人？」

答案很簡單：大多數的人早已陷入玄虛之中，為時已久。

大祭司知道各種玄虛的手段，他其實有助手、管理人、立法者、行刑者和監獄，也有軍隊和將軍，只是這些替他執行意志的人從未懷疑是誰私下命令他們、用什麼方式下達命令。

這種無形且無需接觸的統治體制非常簡單。

在各國大大小小的城市中，有一些人會突然聽到不知從何而來的聲音。這種來源不明的聲音會指使人完成某些行動，而聽到的人也會乖乖執行。

有時是清晰可辨的聲音，有時聽到的人也不知道怎麼回事，只是覺得有種異常的渴望，因而依照命令行動。

現代科學知道這種現象，心理醫師和其他科學家長期試著研究，卻都沒有成果。

現代科學將這種現象視為心理疾病。只要有人說自己聽到不知從何而來的聲音在使喚他們，醫生一定會要他們住院。什麼醫院？精神病院。這在很多國家與監獄沒有兩樣，美國、歐洲和俄國現在都有很多這種醫院。這些人服用各種鎮定的藥物和注射，變得長時間嗜睡而萎靡不振，很多感官都會麻木。有些人明顯不再聽到聲音，有些人則是為了逃出有如監獄的醫院，在醫生面前裝模作樣。

但不是所有聽到聲音的人都會去看醫生。你自己想像，假如聽從聲音的人正在操控原子彈、指揮軍隊或看管裝著致命細菌的培養皿，而這個聲音對他們下達奇怪的指令⋯⋯科學仍然無法解釋這種奇怪現象的本質。這個現象顯然存在，科學家雖然不敢宣揚，卻徒勞無功。他們早就應該思考一個簡單的道理：如果有接收訊號的一方，肯定會有發出訊號的一方。

大祭司和他的助手知道如何下達聲音的指令，也明白各種宗教可以形成哪一種人。幾位祭司就是這些宗教的創始者——玄虛的源頭，他們需要藉此統治人類。相信虛假世界的狂熱者宛如生物機器人，容易聽到聲音的指令，且毫不猶豫地執行任何任務。

大祭司和他的助手知道如何挑撥離間，在不同信仰的人群之間挑起爭端。戰爭的起因各不相同，但每場戰爭的主要武器一定都是信仰的分歧。

科技裝置和所有人為的訊息傳播管道，同樣是由祭司透過人類操控。為此，他們不需管理各家電視台或監視記者寫了什麼，只要創造一體適用的條件——讓所有媒體奉賺錢為圭臬。舉例來說，五花八門的電視廣告越來越精明，纏人又具侵略性。任何心理學家都會跟你說，廣告不過是一種給觀眾的侵略性洗腦，對大眾通常有害無益。電視台大言不慚地說服大家不能沒有廣告，因為那是他們的收入來源。電視觀眾受到廣告的洗腦而消費，卻等於資助廣告的播出。商品的價格包括廣告費用，還有什麼比這種情況更難過的嗎？

金錢成了祭司影響最大且最有力的槓桿。

我剛說過，你口袋的錢也歸大祭司所有。我這就告訴你怎麼回事。

在現在錯綜複雜的銀行體系中，可以發現一個簡單的規律：向銀行拿錢會增加銀行資本。舉例來說，假如俄羅斯以國家名義向國際銀行借貸，之後必須連本帶利地歸還，遠高於原先所借的金額。差額如何補足？從你繳的稅。或者說，沒有工作的老翁買四分之一個麵包時，也會被抽百分之幾的稅。這百分之幾或至少部分的稅金會進到國際銀行，使資本增加，但是誰的資本？大祭司的。他根本無需碰觸資本，就能把金錢的動向導入各種戰爭、玄虛事件，或者製造致命藥物。

他的目標很簡單！高傲在他體內佔了上風，讓他渴望創造自己的世界，營造一個不同於神所創造的世界，並要它俯首稱臣。祭司們已經達成部分的目標。世人的汲汲營營助了他們一臂之力，而這種生活中的忙亂正是祭司創造的。

你仔細觀察，世人身處忙亂的生活中，沒有察覺自己接收的訊息日益減少。他們越來越不能談論一個簡單的問題：全人類現在所走的方向正確嗎？

如果可以擺脫無謂的煩惱，多數人都能回答這個問題。既然疾病逐年增長、戰爭永無止息、每天都有更大的災難發生，我們所走的方向當然有問題。唉，煩惱！它不讓我們思考，祭司卻每分每秒地思考、想出計畫，再藉由眾人的雙手實行……

我一直聽著阿納絲塔夏激動地描述故事，沒有打岔、提問或請她解釋清楚一點。我這次在泰加林待得比以往還久，離開時才發現接收的資訊實在太多，很難在書中一一解釋。況且，她說的話又太不尋常，直接質疑了宗教和權力。現在每個教派都有很多狂熱份子，隨時準備好攻訐侵犯他們信仰的人！我何必淌這個渾水呢？

9 需要思考

回家準備把書稿交給出版社前，我到最後一刻仍然無法決定，是否要把阿納絲塔夏所說的話放進書稿。

她當初提到，祖傳家園的建立可為俄羅斯創造美好的未來，那時她說的一切還算合理。她的想法引起讀者的注意，促使他們開始行動。

到了《我們到底是誰?》，她又情緒激昂地回答問題，表示耶穌基督是她的兄長。我如實寫出來後，卻引起一些讀者反彈，而且大部分是基督徒。

在前一本書中，我問她是否有任何神職人員理解她。她回答羅馬教宗若望·保祿二世會幫助她，這又引起部分天主教讀者的質疑。

這些類似的言論不禁也讓我懷疑：阿納絲塔夏奇特的行為、言論和舉動值得寫進書中嗎?這是有害有益?這會不會讓一些讀者質疑目前明顯可行的想法，不相信改善個別家庭的生活條件和方式就能改變整個社會？

況且，我自己都不太相信她的言論了。她真的有必要說出「耶穌基督的姊妹」和「若望·保祿二世會幫她」這種話嗎？

如果看過整本聖經，就會知道內容沒有提過耶穌基督有兄弟姊妹。

然而，突然有個可說是超級神奇的事件發生了，與阿納絲塔夏奇特的言論有關。這讓我不得不反覆思考，人類真正的可能性究竟多大。事情是這樣的：

某一天，我聽說梵諦岡公布了一則消息，內容提到耶穌基督的兩個姊妹，但我不記得是親姊妹，還是堂姊妹或表姊妹……聽到這則短訊時，我正一個人在公寓忙著例行公事。當時廣播和電視同時開著，所以無法確定是從哪裡聽到的。我想應該是電視新聞。

從此之後，我每次坐在書桌前，都會不經意拿起筆記，看著阿納絲塔夏奇特的言論。我之前決定不把這些言論寫進新書，但現在又開始思考這樣做是否正確。在這些言論之中，其中一點如下：

美國總統喬治·布希有一個非比尋常的舉動，他不知道這會讓他的國家免於可怕的災難，全球得以避免破壞規模史無前例的世界大戰。

美國歷經死傷慘重的九一一恐怖攻擊事件，以及直接參與攻打阿富汗的軍事行動（實際上就是戰爭），這些事實看似與阿納絲塔夏的言論大相逕庭，但在分析媒體和電視的報導之後，我漸漸相信一件事情：美國九一一事件應該能為世人揭開一個天大的祕密，讓世界各地避免規模更大的全球性恐怖攻擊。唯有祕密公諸於世，才能避免這些恐攻。我反覆看著阿納絲塔夏那些奇特的言論，後來發現……

二〇〇一年九月十一日，美國境內陸續發生大規模的恐怖行動。幾架不明人士駕駛的客機從紐約的機場起飛後，旋即更改預定的航道，一架接著一架地衝撞世貿大樓，以及其他戰略要地。

各國民眾聽聞此事，反覆在電視上看到駭人的恐攻畫面。不久後，奧薩瑪．賓拉登和他的恐怖組織被視為幕後主謀，美國總統和政府也很快獲得歐洲諸國和俄羅斯的支持和參與，開始根據手中握有的情報，轟炸恐怖份子和所屬組織藏匿的阿富汗。

所以這有什麼祕密？畢竟電視一直播送恐怖攻擊的畫面，以及反恐軍事行動的過程。直到現在，一天還會報導好幾次。

祕密就是，恐怖行動的原因從未被人報導，或者說遭人刻意隱瞞。除了恐攻的過程，我們無從得知策劃的邏輯思維。

祕密就是，媒體甚至從未嘗試多少認真地分析事件的原因，彷彿都被下達不准調查的禁令。我們每天看到及聽到的都是事件的過程，新聞反覆播送而使這件大事變得稀鬆平常，宛如每天都能看到的車禍意外報導。

媒體的報導如下：某個富可敵國的恐怖份子——普遍認為是奧薩瑪．賓拉登——策劃一連串震驚全球的恐怖行動並透過手下執行，不僅造成重大死傷，更為世人帶來前所未有的影響。

這位恐攻主謀最後究竟獲得了什麼？部分國家領袖聯手反擊，利用最先進的科技和訓練有素的軍隊捉拿並消滅主謀。

根據最新的消息，頭號恐怖份子目前藏在阿富汗山區。戰機連日轟炸山區，而庇護頭號恐怖份子的塔利班同樣成為目標。

全球最進步的國家尤以美國為首，打算合力消滅所有恐怖組織勢力，無論在哪一國家都不放過。

難道策劃恐攻的首腦沒有想過這些後果嗎？絕不可能！他一定知道這些後果。既然有能力長期躲過特種部隊的追捕、策劃並執行需要精密分析和盤算的恐怖行動，算出行動的後果一定也不困難。

由此看來，他一方面是善於精準分析而足智多謀的戰略高手，另一方面又是不折不扣的蠢蛋。他所策劃的恐怖行動已經使他自己、所屬組織和所有恐怖組織走上毀滅，甚至毫無關聯的人也受連累。

這種情況不合常理。有鑑於此，世界各國的反恐行動應該會無功而返，甚至最後惹火燒身。邏輯告訴我們，恐怖行動的真正首腦另有其人。

話雖如此，有件事情非常清楚：這種不合常理的現象正是由大眾媒體的報導所致。

一開始，我當然也像多數人一樣沒有察覺，但是……美國發生的事件立刻讓我想起阿納絲塔夏的某些話。我原本覺得這些話過於奇特而古怪，所以不打算寫進書裡，但經過美國這件大事後，這些話看來可以解釋很多現象（雖然還是很難馬上明白）。其中一段話如下：

埃及法老時期以後，大大小小國家的統治者成了世界上最不自由的人。他們大部分的時間身處人工的訊息場域，被迫遵守各種既定的行為儀式。他們不斷接收一成不變的大量訊息，卻因時間關係而無法加以分析。國家統治者一旦從人工的訊息場域轉至自然的訊息場域，即便只有短短三天，對所有層級的祭司都很危險，對世間覬覦大位的人也有風險。這種危險在於，統治者可以開始獨立分析很多過程，讓自己和人民擺脫玄虛力量的控制。

自然的訊息場域就是大自然，包括它的外觀、味道和聲音。唯有自己家園的大自然——動植物以愛對待人類的地方，才能讓人完全免於玄虛的影響。

我現在坐在書桌前（用阿納絲塔夏送我的雪松製成）想起這段話，但不像以前那樣覺得奇怪了。

事實上，只要觀察我國總統的現況就會明白。他總是在接見外國元首和國內官員。他們前來不是為了喝茶敘舊，而是請益各式各樣的問題，想要立即見效的解決方案。至於媒體呢？只要國內發生什麼大事，媒體立刻會問「總統有何反應？」，或者更犀利地問「總統為何不去親自視察？」」。總統如果視察水災或其他災區，就會獲得讚賞。但這真的是件好事嗎？

他何時才能靜靜地思考並分析源源不絕的訊息？「總統快來！」事件發生當下，民眾就會如此要求。向來如此，成為常態。但如果換個方式呢？總統不用再像消防隊員趕往現場，更無需接見地方官員、浪費時間開會。

他一定要有機會坐在自家花園，從那兒觀察國事及分析上呈的訊息，偶爾才需要做出決策。或許這樣能讓人民的生活變好。「這在胡說八道什麼？」大概會有很多人像我一開始這樣想。這是胡說八道嗎？但不讓別人有機會思考，這樣真的正常嗎？避免各國總統思考，想必對某些人有利。如果總統可以不受干擾地靜靜思考，如果他有機會踏出人工的訊息場域一段時間，我們國家會有什麼改變？

忽然間……這個想法讓我感覺有股電流在我體內流竄，書桌暖了起來。一種豁然開朗的奇特感覺……激動的我不禁拿起電話，沒有撥號（畢竟她沒有電話），直接對話筒大喊：

「阿納絲塔夏！」

話筒並未傳來正常的嘟嘟聲，但過了一會兒，我清楚聽到一個與眾不同的熟悉聲音。阿納絲塔夏用清亮的嗓音冷靜地說：「你好，弗拉狄米爾！你要試著別這麼激動。你自己也看過，過於激動會使人做出什麼不自然的行為。我不能用電話跟你說話。請你冷靜一點，起身到你家周邊的樹林呼吸新鮮空氣吧。」

話筒傳來嘟嘟聲，我把電話放下。

「天啊！」我心想，「我真的太激動了。那真的是阿納絲塔夏的聲音嗎？還是我太激動而有幻聽？看來我真的得去戶外呼吸新鮮空氣、冷靜一下了。」

不久後，我穿好衣服、走到我家旁邊的樹林，卻在深處看到……阿納絲塔夏站在小徑旁的松樹底下微笑。我沒有多想她何以奇特地現身，反而直接開口對她說話。

是誰救了美國？

「阿納絲塔夏，我明白了……我分析並比較妳說的話和美國的事件後，一切都明瞭了……妳聽我說，如果我說錯，妳再糾正我。美國九月十一日發生的一連串恐怖行動還沒結束，策劃者還在準備規模更大的攻擊，我說得沒錯吧？

「一定是這樣，只是我還想不出細節。我大概猜得出來，但是細節……妳可以詳細地告訴我嗎？」

「可以。」

「告訴我吧。」

「幕後首腦指使六個恐怖組織依序發動攻擊，每個組織必須在指定的時間獨立行動。他們互不知道彼此，領導者也不清楚幕後首腦是誰、最終目標為何。每個組織都是由隨時準備殉教的宗教狂熱份子組成。

「只有一個組織的成員是拿錢辦事而發動恐攻。

「第一個組織必須同時劫持美國上空的所有客機，以及從機場起飛及靠近領空的客機。所有遭到劫持的飛機都要用來破壞國家重地。

「這個行動的六天前，另一個組織必須汙染二十家大型飯店的供水系統。這個計畫天衣無縫，幾乎無法查出汙染源和執行者的行蹤。執行者必須住進大飯店的房間，在冷水水龍頭上加裝特殊裝置後打開。水龍頭不會出水，而是靠氣壓將致命的粉末灌進供水系統。執行者再關上水龍頭，等到隔天早上住進其他城市的飯店。

「侵入供水系統的細菌遇水產生黏性，黏在管壁後開始膨脹、增生、往下流動。十二天後，數量會變得很多。這種細菌在正常的天然水中無法增生，會被其他細菌消滅。但供水系統無法達到這種平衡，因為人類讓水失去了很多天然的特性。

「用水高峰期間，房客早上盥洗時，水流會使部分的細菌脫落，汙染的水就這樣從水龍頭流出。盥洗的人一開始沒有感覺，但是過了八到十二天，身體會開始出現小膿瘡，接著越長越多，範圍變大且化膿。這種疾病會傳染，而且很難治療。恐怖份子持有抗體。世界各國很多人會受到感染，不久後就查出這些人都曾住過飯店，但應會等到飛機衝撞大樓後才發現。

「我不忍再說其他恐怖組織負責的惡行。所有恐怖行動的最終目標都是製造恐慌。

「很多人開始舉家搬到國外，試圖把財產匯到他們覺得生活比較不危險的國家。然而，不是所有國家都同意接納美國的難民，大部分國家的人民都已陷入恐慌，因為連世界公認最強的國家都沒辦法解決了……」

「等一下，阿納絲塔夏，讓我接下去。幕後主謀會在事後公諸於世，我的意思是說，他們會透過某種中介下達指令。」

「是的。」

「但他們沒有完成所有預想的行動，並未讓所有美國人陷入恐慌。他們之所以沒有完成所有行動，是因為他們被迫提前很多時間執行計畫，來不及做足準備。所以才說這不合常理。發動恐怖攻擊後卻沒有收到指令，行動因此中斷！我猜得出來原因。因為活在現代的祭司才是罪魁禍首，但他們被布希的行動嚇到，不得不提早行動。這樣說對嗎？」

「是的，他們……」

「等一下，阿納絲塔夏，我要靠自己瞭解一切。我要學著去瞭解，這很重要。如果我可以，表示別人也能像我一樣看清我們所在的現實，表示所有人都能明白，要做什麼才能改善生活。」

「是的，弗拉狄米爾，如果你能，別人也能。有人早點明白，有人晚點領悟，但都會開始建立美好的現實生活。就讓你說吧，只是你要冷靜，不要這麼激動。」

「我已經很冷靜了……可能沒有吧，很難不激動啊，不過，嘿！美國總統布希的確讓那些自以為是的人自亂陣腳了。我知道他們一定被嚇到了……因為美國總統布希無預警地回到德州的一座牧場。上任六個月後，突然休假將近一個月！他去了哪裡？不是什麼富麗堂皇的度假村，或者有異國情調的城堡，而是一座牧場的小屋。那邊斷絕對外聯絡的總統專線，只有一台普通不過的電話。沒有安裝衛星天線，所以電視頻道不多。電視名嘴談論這些事情，但無人理解背後的意義。我在網路上讀過布希住進牧場的新聞，但內容只有提到表面的事實。外人都很訝異他提早休假，不解為何時間這麼長。他在自己的牧場待了二十六天，不讓新聞媒體進入，也未邀請任何官員。

「但是沒有人，沒有人明白！美國總統喬治．布希完成了一項壯舉，建國以來從未有總統做過。或許過去五千到一萬年以來，也沒有任何統治者想到要做這種事情。」

「是啊，沒有人做過。」

「偉大的地方在於，首次有大國的統治者，況且還是世界最重要的國家，忽然擺脫人工的訊息場域，讓所有祭司大吃一驚。他只是清醒過來，冷靜地離開場域，就能擺脫玄虛人士的掌控。我現在明白了：統治者自始自終都受人擺佈，每天的演說受到嚴密的監控，甚至包括語氣和臉部表情。他們被人灌輸各種資訊，每個動作都要經過修正。但布希逃離這個場域，嚇得祭司驚慌失措。他們試著用玄虛的管道接觸他，也就是妳說的從遠端發出聲音指令。但是沒有用，接觸不到！就像妳說的那樣，妳還記得嗎？妳說大自然和動植物——天然的世界——不會允許任何玄虛的影響傷害人類。只要人類與自己創造的天然世界接觸，它就會保護他們。」

「沒錯，正是如此。」

「牧場的植物明顯不是喬治．布希種的，但他親自選了這個地方，以愛對待它——對待那裡的大自然。這從很多地方都有跡可循。大自然也回應了他的愛，用一樣的態度對待他，如同祖傳家園的植物保護他。就算不是親自栽種，植物也會有反應，這是有可能的嗎，阿納絲塔夏？」

「有可能。如果人類以愛真誠地對待周遭環境，植物有時也會有反應。喬治．布希就是這樣的狀況。」

「原來如此，我明白了。總統待在自己的牧場，所有人都認為他斷了聯繫，但實際上是人造世界的人工訊息量銳減，而周遭世界的自然訊息量大幅增加。總統透過葉子的窸窣聲、水流聲、鳥鳴聲和風吹聲接收訊息，然後沉思。分析！思考！這是他們想要『抹除』、忘記或不願提起的事實。他們甚至會變換主題，但沒有用的！他仍會載入史冊數千年。我明白了，阿納絲塔夏。我們當然可以說出很多至理名言，或寫出很多歌曲和詩作，就像聖經的所羅門王。但也能像布希那樣，做出更明顯且有說服力的行動，向這個世界宣示：『所有人看我吧！我雖然富有，握有統治世界最強國的至高權力，但這對人類的本質不是最重要的。人的靈魂和它神聖的本質要的是別的：不是人造世界，而是神所創造的自然世界。比起黃金和技術治理的成就，我的牧場更接近我的靈魂，所以我才選擇待在牧場。你們也應該想想自己的人生目標！』美國總統替妳所說的祖傳家園打了最好、最強且最有說服力的廣告——俄羅斯未來的祖傳家園，還有全世界的！如果世人在經歷這些後仍無體悟，那就真的是沉睡不醒了。或者說，幾乎所有人都受到某人的催眠，所以才會受苦、生病、吸毒、打仗而互相殘殺。在妳說這些話和布希的行動後，如果世人仍無法擺脫催眠狀態，就真的需要發生浩劫了。布希身為一國總統，是我們技術治理世界中見聞最多的人，畢竟他有情報單位，智庫也會提供資訊。他還知道自然世界的訊息，有能力比較及分析。他比較過後，以行動證明……等一下，又是一個不可思議的巧合。不，是一連串的巧合，如果真的是的話。妳說……妳說的事情正在發生……妳說新的千禧年開始時，俄羅斯總統會頒布有關土地的法律，向每個俄羅斯家庭贈予一公頃的土地。

「二〇〇二年二月二一日，所有電視新聞台都在報導俄羅斯總統普丁主持的國務院會議。該次會議討論土地議題，特別是包括農地在內的土地私有權。與會的各州州長對此有不同的意見，但大部分的區域首長——也就是國務委員——支持將土地配給國民當作私人財產。

「從總統發表的意見、談話，以及正是他在國務院提出土地議題的這點來看，他也同意將土地配給國民當作私人財產，而且人民有權傳給後代。

「會後決議政府要在二〇〇二年五月前研擬新土地法案，再交由國家杜馬審理。

「他們說的當然是土地買賣，不是把土地免費配作祖傳家園，況且農地不包含在內，但這終究是個有感的進展。

「阿納絲塔夏，這一切真的是巧合嗎？還是妳影響了大家？是嗎？妳也能從遠端發出聲音指令吧？妳一定可以，妳就做過。妳會跟他們說話嗎？」

「弗拉狄米爾，除了你以外，我從未和任何人說過話，而且和你說話也只有今天在電話上。我沒有像你說的那樣從遠端和人說話，也從來不用這個能力強迫別人。」

「但我有次在莫斯科時聽到妳的聲音，阿納絲塔夏。妳不在附近，我卻聽到妳的聲音。」

「弗拉狄米爾，祖父當時在你附近。

「很多人都能捕捉存於空間的思想，這是人類的本能。以前人人都有這種能力，這沒什麼不好的地方，因為不會有強逼他人的情況。人可以透過自己的思想光線接觸遠方的另一人，給予對方溫暖，進而加快思考過程。每個人都有思想光線，只是強度不同。」

「但妳的光線很強，妳有試著透過光線接觸別人嗎？」

「有，但我不會說出他們的名字。」

「為什麼？」

「對這些人而言，光線的接觸不是重點，重要的是他們察覺事實的能力。」

「好吧，不說名字沒關係，只是……我想到了！妳知道我想到什麼嗎？太棒了！我知道妳的光線不只能從遠方給予溫暖，還能燒毀別人，甚至把石頭化為塵埃，妳之前就示範過一次。所以妳可以燒毀策劃恐怖行動的人，燒毀祭司和所有不潔的力量。妳跟我說過，我記得之外還寫進書裡：『我將用我的光線在一瞬間燒毀數千年以來的黑暗教條……你們不要站在神與人的中間……』等等。妳記得這些話嗎？」

「我記得。」

「那妳還在等什麼？為什麼不燒毀他們？畢竟妳這樣說過啊。」

「我當時說的是教條，但我永遠都不會允許自己用光線燒毀人類。」

「就算恐怖行動的首腦也是？」

「他們也是。」

「為什麼？」

「你想想自己所說的話，弗拉狄米爾。」

「要想什麼？所有人都知道要趕快消滅恐怖份子和他們的黨羽，至今已有許多國家為此動員軍隊──特種部隊。目前死很多人了。」

「他們這是白費力氣，找不到也消滅不了真正的首腦。這種方法無法終結恐怖行動。」

「所以妳才要做啊。如果妳能說出首腦是誰，並在一瞬間燒毀他們和手下的黨羽，那就要做。燒毀他們！」

「弗拉狄米爾，你可以多想一下，判斷誰是首腦的爪牙，他們有多少人。」

「我當然可以想，只是判斷不出來。如果妳知道，就告訴我他們的名字吧。」

「好，恐怖份子的共犯就包括弗拉狄米爾你、你的鄰居、朋友和認識的人。」

「什麼？妳在說什麼，阿納絲塔夏？我很肯定自己和朋友都不是共犯。」

「弗拉狄米爾，大多數人的生活方式正是孕育恐懼、疾病和各種災難的溫床。難道在軍工廠製造自動步槍和子彈的人不是屠殺的共犯嗎？」

「製造軍事武器的人可以算是間接共犯，但妳說的是我，我又不在工廠製造軍武。」

「但你會抽菸，弗拉狄米爾。」

「我的確會，但這有什麼關係？」

「抽菸是有害的，所以對你自己的身體而言，你就是恐怖份子。」

「自己的？但我們說的是別人……」

「為什麼要馬上說到別人？每個人都要仔細審視自己的生活方式，特別是住在城市的人。難道開車的人不知道，汽車會排放汙染空氣的致命氣體嗎？難道住在分成很多公寓的大樓的人不知道，住在公寓有害又危險嗎？大城市的生活型態正在摧毀人類，使他們遠離自然的空間。過著這種生活的大多數人都是恐怖主義的幫兇。」

「假設妳說得沒錯，但現在已有很多人開始明白，試著改變生活方式。所以妳就幫幫大家吧，用妳的光線燒毀恐怖行動的首腦。」

「弗拉狄米爾，為了達成你的要求，我必須透過光線傳送很多足以摧毀一個人的邪惡能量。」

「所以呢？就做呀。畢竟對方是恐怖行動的首腦。」

「我知道，但在將邪惡能量對準他人之前，我得先在體內大量聚集並製造這種能量。它事後仍有可能重新滲透我的體內，或有少部分會分散在他人體內。我的確可以摧毀大祭司，但他的計畫會持續運行。邪惡的力量會找上其他祭司，他會比我摧毀的這位祭司更強大。弗拉狄米爾，你必須瞭解，恐怖主義和殺人搶劫已經存在數千年之久。埃及曾有一位法老試圖反對祭司，下場是被他們毒害。科學家在上個世紀挖掘圖坦卡門的墳墓時，發現他年僅十八歲。你也從聖經讀過祭司之間的鬥爭，還記得舊約聖經講過這段故事吧。所有猶太人出走埃及之前，祭司之間起過爭執。祭司摩西要求由他一人帶領猶太人，但其他祭司不願答應他的要求。後來埃及發生蝗災，孩童飽受饑荒之苦，人民和牲畜紛紛病倒，法老才願意放猶太人走。受到驚嚇的埃及人民還把家裡的牲畜、武器和金銀財寶給了他們。

「舊約聖經說這些事情都是神做的。

「但真的是神做的嗎？當然不可能。神是為所有人創造幸福的生活。祭司之間為了分配權力，在埃及製造了恐怖行動，然後指責神是罪魁禍首。除此之外，弗拉狄米爾，你還記得耶穌被釘上十字架時，旁邊的十字架釘了誰嗎？罪犯！這是新約聖經說的。這是兩千多年前的事，但當時的社會就有犯罪，有人因此受罰，但結果呢？現在仍有犯罪，而且日益增加，為什麼？人類數千年來忙於各種瑣事，沒能明白不能以暴制暴，那只會讓邪惡的力量壯大。正是因為如此，弗拉狄米爾，我不能如你所願地以暴制暴。」

「妳不能或不想都沒關係。阿納絲塔夏，妳說的論點很有道理。的確，人類數千年來對犯罪束手無策，或許真的是用錯方法了。只是眼看全世界的現況，除了透過武力，真的想不出其他辦法消滅恐怖份子了。現在越來越常聽到『宗教極端主義』這個詞，妳聽過嗎？」

「聽過。」

「還有人說『伊斯蘭教極端主義』。他們說這是所有宗教極端份子中勢力最大的一派。」

「他們這樣說過。」

「那該怎麼辦？畢竟我聽說伊斯蘭教是現在擴張速度最快的宗教。我認識一些人是穆斯林，他們不是壞人。但另一方面來說，穆斯林中真的存在極端份子，執行大規模的恐怖行動。如果不用武力，要怎麼與他們抗衡？」

「首先是不要說謊。」

「不要對誰說謊？」

「對自己。」

「什麼意思？」

「你知道嗎，弗拉狄米爾，你聽過穆斯林的宗教極端主義，他們很多人都被當作恐怖份子。不是只有你知道，這樣的消息已漸漸傳遍全世界。要對多數人灌輸這種想法並不困難，畢竟恐怖行動一再發生，穆斯林也參與其中。但說到穆斯林的恐怖主義時，我們都會忽略另一邊有力的論點。」

「什麼論點？」

「那些被稱為極端和恐怖份子的人認為，他們才是試著終止恐慌、拯救人民不受殘害的人。他們的理論有份量，覺得自己是在拯救世界，驅趕西方非穆斯林世界帶來的瘟疫。」

「妳說他們的理論有份量，但我完全沒聽過他們的論點。如果妳知道的話，告訴我吧。」

「好，我這就告訴你，但你要試著自己判斷，告訴我交戰的兩方誰是對的。穆斯林的精神領袖向信眾說過以下類似的話：『你們看啊，各位！看看他們背信忘義。西方世界已經陷入道德敗壞和放蕩荒淫，他們還想把自己可怕的疾病傳染給我們的小孩。阿拉的戰士必須阻止那些背信忘義的人，不能讓他們得逞。』」

「等一下，阿納絲塔夏。這只是喊話，論點在哪裡？」

「他們提出事實證明，西方的非穆斯林國家道德敗壞、嫖妓猖獗且同性戀盛行。犯罪事件層出不窮、吸毒人數日益增加，而且無法解決愛滋病這類可怕的疾病和酗酒問題。」

「穆斯林國家就沒有這些問題嗎？」

「弗拉狄米爾，穆斯林世界——穆斯林國家——的酗酒和抽菸人數少很多，愛滋病例也非常少。他們的生育率不像其他國家那樣下降，且夫妻不忠的情形很少。」

「結果兩方都覺得自己是為正確的信念而戰嗎？」

「是的。」

「所以呢？」

「祭司認為他們已經完成挑起大戰的準備。西方的基督教國家聯合攻打穆斯林世界，穆斯林世界也會團結起來反擊。但兩方的實力不對等，穆斯林沒有先進的武器，所以在看到同胞一個個犧牲後，才會動員數千名恐怖份子，企圖迫使西方世界停手。戰爭將會開始，但他們會阻止戰爭，不會讓它持續下去。」

「他們是誰？」

「你的讀者。嶄新的世界觀正在他們心中成形，那與過去數千年來的不同。他們正在自己的夢想中創造，一旦夢想成真，所有戰爭和疾病都會消失。」

「妳的意思是說，這會在祖傳家園開始建造時實現嗎？但這和終止全世界的衝突和宗教對立有什麼關係？」

「祖傳家園的佳音會傳遍世界，讓全世界的人從數千年的催眠禁錮中甦醒。他們會改變生活方式，帶著靈感在世界各地建立神聖的世界。」

「沒錯，如果在各地實現，世界真的會改變。阿納絲塔夏，我知道妳的夢想就是這個。妳相信自己的夢想，永遠不會背棄它。很多人已經知道妳有關祖傳家園的想法，這些人真的開始行動了。但話說回來，阿納絲塔夏，妳還不瞭解所有情況。走吧！來我公寓的辦公室一趟。我現在就想給妳看個東西，妳看了以後就會明白這些人在反對什麼。」

「走吧，弗拉狄米爾，讓我看看你在煩惱什麼。」

誰支持？誰反對？

我們進到公寓後，阿納絲塔夏脫掉保暖外套和頭巾，金色的秀髮散落肩上。她輕輕地甩甩頭，整間公寓頓時充滿迷人的泰加林芬芳。

我搬了一張椅子放在書桌前的扶手椅旁，然後打開電腦、開啟連接網際網路的程式。並非所有俄國人都知道這是什麼，所以我解釋一下。網際網路是指資訊網，這在很多國家發展得非常迅速。電話線連接伺服器後，電腦便可連上這種網路。伺服器是功能強大的特殊電腦，存有各式各樣的大量資訊。使用者可在大部分的伺服器上張貼自己的訊息。

弗拉基米爾城的「阿納絲塔夏文創基金會」與莫斯科一家名為「俄羅斯快捷」的公司合作，也架設了專屬的伺服器和網頁，網址為：Anastasia.ru。

如此一來，擁有電腦的讀者可以利用鍵盤輸入這個網址，進入我們的網站，然後透過文字訊息發表意見、閱讀其他讀者的心得、辯論或討論某些問題。

沒有電腦的讀者可以去網路咖啡店上網。現在俄國所有州和區中心都有網咖，大部分的城市一定也有。

我偶爾也會用自己的電腦上網，閱讀讀者的心得。我沒辦法時常上網，因為我連郵寄給我的信件都來不及回覆了。Anastasia.ru網站去年共有一萬四千多則文字訊息，讀者討論了許多具體的問題，都與阿納絲塔夏所說的祖傳家園有關。他們提議修憲，打算為此舉辦公投。

阿納絲塔夏的想法主要是：每個有意願的家庭都能獲得一公頃以上的土地來建立祖傳家園。讀者依據這個想法寫成一封封的致總統函，內容都比我在《我們到底是誰？》中所寫的公開信還要精確且有說服力。你們可以自行判斷。至於沒有機會上網的讀者，我就引述其中一封的節錄。

致　俄羅斯聯邦總統

弗拉狄米爾·弗拉狄米羅維奇·普丁

公開信

普丁總統鈞鑒：

至今仍有很多人將蘇聯時期視為一生最輝煌的歲月，但那段期間其實有一件應屬有史以來最可怕的事情發生：我們偉大的國家——俄羅斯——向來屬於世界強權，戰勝駭人的第二次世界大戰，且奇蹟似地在短時間內，重建戰時遭到破壞的經濟，公民卻在不知不覺中變成……意志薄弱的……寄生蟲和社會包袱。

回首過去，我們所有人都有工作，從來不用擔心要找職缺。我們有穩定的收入，可以過著正常的生活。我們把孩子送去讀書，確定他們會有未來。我們知道到了退休年齡，就能領到穩定的退休金，安享天年……。

但這種穩定、這種強大的極權體制對我們開了一個惡毒的玩笑：我們習慣了被動、冷漠和毫不在乎的社會風氣，現在沒了維持生活的穩定收入，所以覺得忿忿不平。您可以觀察一下，我們不再付諸行動及改善自己的生活，一味地大肆責怪及咒罵現在的政府，以及接下來的每一任總統和政府，認為他們要為現況負起全責。畢竟，我們認為他們應該讓我們擁有穩定的收入，照顧我們現在和未來的生活。而我們只需自顧自地生活……無需為這種穩定和富裕付出。

您應該也同意，只有單向付出叫作寄生。人人只想獲得而不付出，這就叫寄生蟲。

不過奇蹟發生了：數千名、甚至數萬名俄羅斯人受到啟發而開始行動——那是實踐和創造的靈感！

創造——為家鄉俄羅斯創造欣欣向榮的美好角落！

創造——為自己和後代創造美好的現在和未來！

創造——為自己創造物質與精神的富裕！

創造——為俄羅斯創造最富有且繁榮的國度！

為此，人民只需要一塊約一公頃的小土地，並確保這塊土地後來不會被人拿走。這是屬於他們的家鄉、他們為自己和後代永遠創造愛的空間的地方。**愛的空間**——在遼闊的俄羅斯裡，所有生機盎然的角落都會出現愛的空間，向全世界預告偉大奇蹟的到來——偉大俄羅斯的重生！

在我眼裡，俄羅斯現在出現了一個新的氣象，是人民稱為總統的每位統治者都可能夢想的：人民自動自發工作，為自己創造物質與精神的富裕；除了向政府要求一塊土地和法律保證的穩定之外，其他一無所求。

難道這不是每個政府的夢想嗎？自行開創源源不絕的富裕和幸福源頭，同時在國內創造穩定，不為外在的煩惱擔憂。

親愛的普丁總統，我偕同俄羅斯數千位公民，在此重申我對**創造**家鄉一角的渴望；我們要為世世代代的子孫，讓俄羅斯成為生機蓬勃的花園。

我偕同俄羅斯數千位公民，在此重申我對努力使家庭和自己家鄉更好的渴望。

我偕同俄羅斯數千位公民，瞭解您的工作有多複雜，而且要對很多人負責，所以我們不會再不經思考而肆無忌憚地批評您和政府。

偕同俄羅斯數千位公民，我相信您的智慧和遠見，相信您會負起全責地評估現狀。

我們終於能與您成為友好且有志一同的一體，我們會將您視為親近的好友，**瞭解**您、**接受**您。您會感受到我們的愛和支持，同樣以愛關心我們這群託付給您的公民。

我們一起為孩子、為俄羅斯創造美好的現在與未來！

俄羅斯公民

瓦迪姆・波諾瑪廖夫

二〇〇一年七月二十日

他們也曾這樣汙衊我們的祖先

我某次打開會根據關鍵字決定網頁數量的搜尋引擎，輸入「阿納絲塔夏」後，螢幕上出現非常龐大的數量：兩百四十六個附網址的俄文網站。由於不確定是否全與西伯利亞的阿納絲塔夏有關，我開始一一點進網址、閱讀內容。結果絕大多數的網站都是討論西伯利亞的阿納絲塔夏，只是篇幅各不相同。多數網站對她的言論都有正面評價。一開始我很開心，但繼續點開網路資訊後，卻發現一個難以置信的現象。有些網站引述媒體的報導和匿名訊息，直指與阿納絲塔夏有關的運動是在搞派系，所有讀者都被稱為派系份子。其中一個網站直接明瞭地列出俄國現存的派系，我不確定是不是列出全部了，但名單中有「阿納絲塔夏」和她的支持者。網站沒有寫出這份名單的依據，或是誰散播這些謠言的，感覺像是列出眾所皆知的常識。

全國及區域性網站所刊登的文章或短評大同小異，結論千篇一律：「俄羅斯的鳴響雪松」運動是種派系或商業手段。「阿納絲塔夏」運動與奧姆真理教這類的派系組織半斤八兩，都是一種極權的派系。他們甚至用到「反智份子」和「大搞破壞」這種字眼。他們均未引述具體的事實，整篇文章就直接做出結論。

我不太瞭解「極權」的真正涵義，於是拿出《大百科全書》，讀到這段文字：

> 「極權」是指一種統治方式，特色為完全控制社會的所有生活領域，實際上廢除所有憲法權利和自由，打壓任何政治對手和異議份子（例如：法西斯德國、義大利和共產蘇聯等不同的極權形式）。

這麼極端！所以說，我或阿納絲塔夏是在領導一個極權派系、準備推翻政府、取消憲法保障的自由，然後建立法西斯政權。但我現在並沒有管理任何組織，阿納絲塔夏也當然沒有。過去六年來，我一直在寫書，每年舉辦一兩次自由參加的讀者見面會。我的演講都有錄影，每個想看的人都能拿到。

但為什麼要散播這種大言不慚的謊言？究竟有何目的？像在《共青團真理報》的弗拉基米爾城副刊中，就有一篇文章指出，阿納絲塔夏在書中號召眾人放棄自己的房子、前往森林定居。

「這怎麼可能？」我心想，畢竟阿納絲塔夏說的完全相反啊。她的原話是這樣的：「不需要住進森林，必須先清理自己弄髒的地方。」她呼籲眾人在近郊建立祖傳家園，漸漸改變生活方式，活得更文明、對身心更健康。

我沒有時間親自閱讀如此大量的資訊，更別說是深入分析了，所以我請了幾位知名的政治學者各自分析並做出結論。他們要求的報酬不少，因為每人都要讀完全部五本書，外加網路上與書有關的大量訊息。我也只能答應他們。

三個月後，我收到第一位專家的結論，不久後也陸續收到其他人的報告。雖然他們互不認識、用字不同，但結論大同小異。以下就是一段代表性的結論：

對於《俄羅斯的鳴響雪松》系列書中觀念所持的反對聲音，是一種有針對性且明確的行動，企圖不讓這些書在社會中流傳……

書的核心概念是要幫助國家富強，希望藉由個別家庭的富足，促使各社會階層達成最大的和諧。富足的條件在於，每個有意願的家庭必須分得一公頃以上且可終生使用的土地。在這幾本書中，這個觀念最有說服力，勝過其他觀念。由此來看，攻訐者無論提出的論點為何，實際上都是在攻擊這個觀念。

《俄羅斯的鳴響雪松》系列提及的另一個議題是人類的神聖本質、靈魂起源，而這可能會引起許多宗教的反彈。書中的女主角深信，人類可以在地球上親自創造天堂般的生活。人類可以永久常存，只是每個世紀改變肉身。我們周遭的自然是由神創造，是祂具有生命的思想。人類唯有接觸自然，才能瞭解神的計畫、自己在地球上的使命本質……

這種觀念及其背後的理論基礎和強大的說服力，不可能不引起反彈，特別是宗教狂熱份子。畢竟他們相信世界末日無可避免，認為某些人死後會上九霄雲外的天堂，某些人則下地獄。這種觀念對很多人而言非常順耳，因為他們沒辦法於在世時為自己創造幸福的生活。

對於《俄羅斯的鳴響雪松》系列女主角——阿納絲塔夏——的反對是透過媒體進行，他們散播謠言，直指自動自發實現書中計畫的讀者屬於某種極權派系。這種方式明顯有備而來，刻意不讓政府接觸那些自動自發的讀者、檢視他們具體的提議，或在媒體上討論書中提出的問題，藉此阻礙書籍本身和書中觀念的傳播。值得一提的是，反對陣營已經達成這個目的。現有的資料指出，有關讀者屬於派系的謠言已經傳進很多政府機關。

反對陣營的具體目的仍然不明、非常神祕。一般來說，選舉如果出現卑劣的手段，可以輕易地找出始作俑者。這在商界亦是如此，多家公司競爭時如果出現詆毀，也不難找出罪魁禍首和背後目的。目的一向非常明顯，就是排除或削弱競爭對手。

阿納絲塔夏談論的是人類的全新意識、嶄新的生活方式，並讓政府建立在比較完善的基礎上。

有誰會反對這種渴望？只有想要破壞個別家庭、政府和全體社會的力量才會這麼做。這種力量的存在可由他們毫不避諱的反對看出端倪，也就是反對阿納絲塔夏、她的想法，以及《俄羅斯的鳴響雪松》系列的讀者。他們顯然是透過直接或間接附屬的組織和個人發動攻擊。

我把網路上討論這個主題的幾段節錄拿給阿納絲塔夏看，然後把專家的結論唸給她聽，希望她有所反應，促使她設法導正現況。

但阿納絲塔夏只是靜靜地坐在旁邊的椅子上，雙手放在膝蓋上，臉上絲毫沒有緊張的樣子，反而露出一抹微笑。

「妳在笑什麼，阿納絲塔夏？」我問，「他們在詆毀妳的讀者，阻撓眾人取得祖傳家園的土地，而妳一點都不緊張嗎？」

「弗拉狄米爾，我很開心很多人受到靈感啟發，很開心他們瞭解自己在做的事情有何本質和意義。你看他們多專心地闡述自己的想法，想出有關未來的計畫。他們寫給總統的信比你在書中寫的好。還有他們預計舉辦的大會——『選擇你的未來！』，這個名稱想得真好。眾人開始思考未來，這是很棒的事。」

「他們確實是在計劃，但難道妳沒看到有人與他們作對嗎？對方真是卑鄙，把他們所有人稱為派系份子，引起大眾恐慌，不讓行政機關接觸他們。難道妳沒注意到嗎？」

「注意到了，但這種反對沒什麼新意或高明的地方。他們以前也是用這種方法，破壞我們祖先的生活文化和知識。現在黑暗力量又要故技重施。他們之後還會想出煽動的方法、散播嚇人的謠言。這之前就發生過了，弗拉狄米爾。」

「就是因為發生過，他們還贏了啊。妳自己也說了，他們破壞我們祖先的文化，扭曲了歷史。這就表示，這種方法確實有效。如果現在還沒分出勝負的話，他們一定又會戰勝。不然妳看，讓每個有意願的家庭分得一公頃的土地，這麼簡單的問題過了一年還沒解決。如果是把一公頃的土地用作其他用途，那還做得到，但要為了建立祖傳家園而取得土地，為了有不錯的居住環境和食物，實在不可能。那些難民住在難民營三年多了，如果當初讓他們每人——至少有意願的人——分得一公頃的土地，三年後早就能把土地改造成適合人居的地方。

阿納絲塔夏，對於我們國家能有哪些巨大的變化，我想了很多。只要政府不阻撓人民想要建立家園的渴望，而是幫助他們……但連土地分配這麼簡單的問題都解決不了了。」

佳音

「這個問題一點都不簡單，弗拉狄米爾，因為這會為我們的星球和全宇宙帶來全面的改變。當世上數百萬個幸福的家庭有意識地將地球變成生機盎然的花園，遍佈全球的和諧就會影響其他星球和宇宙空間。地球現在散發到宇宙的是惡臭的濃煙，地球軌道的垃圾越積越多，還有邪惡的能量從地球發射出來。只要地球人的意識改變，就會發射別種能量。地球散發的美好會在其他星球上創造盛開的花園。」

「哇，這麼厲害！人類史上從來沒有這種機會嗎？畢竟俄羅斯在革命以前，某些地主也有祖傳的土地。現在很多國家都有私有土地，我們也有農夫長期承租土地，但這都沒有帶來改善，為什麼？」

「因為那時不像現在一樣，人的身心擁有如同神聖幼苗般茁壯的意識。弗拉狄米爾，你所謂的簡單問題，其實是祭司數千年來，在玄虛時期隱匿的最大祕密。每個時代都有很多宗教談論神，卻從未提過一個顯而易見的事實：有意識地與大自然溝通，就是與神聖的思想溝通；理解空間，就是理解神。任何有關祖傳家園的思想、夢想——萬物與你和平共存，都是與神越來越近，勝過五花八門的複雜儀式。宇宙的所有祕密會在人類面前展開，使人突然發現身上擁有現今無法想像的能力。人類只要開始在周遭創造神聖的世界，就會真的與神相似。

你想想看，為什麼所謂的智者從未提過這點？這是因為，一旦人類理解自己的世間本質和能力，就能擺脫玄虛的魅惑，祭司的權力也會消失。沒有人、沒有東西可以控制在自己周圍創造愛的空間的人。造物者不再是恐怖又嚴厲的審判角色，而是父親和朋友。正是因為如此，數個世紀以來，他們才想了各種陷阱，使人遠離自己最重要的使命。土地！你說這是一個簡單的問題，弗拉狄米爾。但是你想一想，為什麼過了好幾個世紀，人類至今仍然沒有祖傳土地？你剛提到農夫和地主，但你要知道，他們雖然擁有祖傳的土地，卻是強迫別人照顧，自己只想從土地獲得更多利潤。沒有親自照顧土地的人，是無法以愛對待它的。灑入土壤的種子時常帶著怒氣，長出來的只會是惡意。數千年來，人類無法得知簡單的真理：不能強迫他人的雙手和思想碰觸祖傳土地。不同時代的統治者都向人民分配土地，但人民卻不知道土地的真正意義。

「如果給人的土地太小，比方說四分之一公頃，會使家庭無法創造一個可為自己效勞而無需費力的綠洲。土地太大則使人無法以思想獨立管理，而需請外人協助，引入他人的思想。人類就是這樣掉入狡猾的陷阱，始終遠離重要的真理。」

「所以說，數千年來，從來沒有任何宗教呼籲人類在地球上創造神聖的綠洲，反而始終讓人不去接觸土地嗎？表示他們……」

「弗拉狄米爾，別說有損宗教的話。你有今天的成就，是你的屬靈父親——斐奧多力神父——帶領你的。多虧有他，我才能與你相識。到了今天，所有教派的信徒都應思考，如何幫助精神領袖避免災難。」

「什麼災難？」

「就是上個世紀曾經發生的災難，當時眾人劫掠教堂、處死各種信仰的神職人員。」

「你說的是蘇聯時期，但我們現在有民主、宗教自由，而且政府尊重所有宗教，至少大部分都是。過去的事件怎麼可能突然重演？」

「弗拉狄米爾，你仔細觀察現況。你也知道，現在很多國家正在聯手打擊恐怖主義。」

「是的。」

「他們認定助長恐怖主義的是其他國家，並且公開恐怖份子的姓名。他們特別指責宗教的精神領袖，派遣特種部隊捉拿他們。但這只是一開始。各國領袖都已收到多份報告，內容揭露許多宗教的本質。這些報告舉了很多例子，說明地球上許多的戰爭和恐慌都是宗教造成。分析專家在這些報告中，精確且有說服力地描述一切。很多惡行的消息會在未來陸續揭發，提醒大眾玄虛的神職人員帶給世人如十字軍東征般永無止息的戰爭、陰謀，以及他們變態、貪婪無厭的行為。一旦引起多數人的怒火，各地就有可能出現迫害、毀廟滅神。目前已有很多宗教的神職人員開始試著阻止宗教極端主義，極力聲明他們與極端主義毫無關聯，並且對此公開譴責。統治者現在是接受他們的聲明，但更精確地說，是假裝不懂……對此聲明表示滿意。然而，那些祕密報告早就揭示，宗教利用任何藉口如程式般設定人的思想。他們的藉口可能帶有好意，鼓勵眾人行善。但這種信仰讓人相信虛無飄渺的東西，進而一味地相信傳教士的說詞。被人如程式般設定的信徒就有可能受人控制，傳教士隨心所欲地讓信徒變成自殺炸彈客。祕密報告用了很多過去和現在的事實證明這個結論。不久後，統治者就會傾向選出單一宗教，將其完全掌控在手中，指責其他宗教有害而予以摧毀。如果無法讓所有人民信奉單一宗教，下一步就是至少摧毀國內的所有宗教。這種決定會導致戰爭永遠無法平息。事實上，這種戰爭已經開始，而且仍在持續。必須阻止這個情況，而這只有一個辦法，那就是讓精神領袖產生一個意識──唯有佳音能讓整個地球恢復和平。接受並在神廟宣示佳音的人，會讓神廟──不管是大是小──充滿信眾，而不接受的人會發現自己的神廟空空蕩蕩而破敗。」

「阿納絲塔夏，妳說的佳音是什麼？可以解釋得簡單一點嗎？」

「那些自稱精神領袖、談論神及在現代學校教導孩子的人，必須知道地球上的每個家庭都應在自己的家園創造愛的空間，將此視為讓神開心的行為。不僅必須知道，還要在神廟與信徒想出未來聚落的計畫，一起努力找回原始起源的知識。先是夢想和討論，接著實踐計畫的細節。完成創造的夢想需要好幾年，但只要這在地球上實現，世人就會和諧共存，住在真正且神聖的空間。」

「阿納絲塔夏，我明白了。妳希望在不同信仰的寺廟教堂、學校和高等教育機構裡，都有人開始理解大自然、熟悉如何按照特別的計畫建立祖傳家園。假設這真的能使不同的信仰團結，是實際上行動，不是說說而已；

「假設這真的可以喚醒受到催眠的世人，並且終結恐怖主義、吸毒和其他社會亂象；

「假設真的可以，但是……妳要怎麼說服所有主教、所有神職人員？況且他們分屬不同宗教。妳要怎麼說服民間的所有教育機構？雖然妳說的很多都成真了，阿納絲塔夏，但妳現在說的根本辦不到啊。」

「辦得到，他們別無他法了。」

「但那是妳的看法，只有妳這麼想。妳只是說說而已。」

「弗拉狄米爾，你覺得我只是說說，但讓我說出這些話的人擁有無法超越的力量。你應該記得七年多前，你還是企業家的時候，我用樹枝在泰加林湖邊的沙地上畫字母給你看。」

「我記得，那又怎樣？」

「接著你突然開始寫書，至今吸引了眾多讀者。你覺得這是誰的功勞？泰加林湖邊的沙子？我用來寫字的樹枝？我說的話？還是你寫出所有書的手？後來詩歌在讀者的心中如神聖的泉水般湧出。一切的最大創造者是誰？」

「不曉得，所有因素大概都有一點影響。」

「相信我，弗拉狄米爾，請你試著理解。在所有創造出來的事物背後，都有祂的能量存在。這股能量已經啟發人心，未來還會繼續賦予靈感。」

「或許吧，但還是很難相信神職人員會開始如妳所願地行動。」

「你一定要相信，在心中模擬好的情形，它就會成真，畢竟這對你來說已經不難了。你應該記得有位鄉下的東正教神父拜訪你、為你打氣。還有一位神父自掏腰包買書，帶到監獄發送，而且你的斐奧多力神父跟你說了很多事情……你還記得嗎？」

「記得。」

「你要了解，不是所有神職人員都有一樣的世界觀，還是有人會傳報佳音的。」

「妳說得沒錯，但還是會有其他人反對，尤其是妳所說的大祭司。他玄虛的助手還會想出其他詭計。」

「他們當然不會罷手，但黑暗力量現在只是白費功夫。一切已經開始，沒有回頭路了。世人會體悟世間的天堂樂園。你覺得這只是說說，但是你注意了，我要說出四個簡單的字，讓光線照亮部分的黑暗。剩下的黑暗則因知道不可能再化為現實，會嚇得發抖、隱姓埋名。這四個字很簡單，那就是：**家族之書**。」

10 家族之書

「這四個字的確很簡單，但我不懂為什麼所有黑暗力量會嚇到發抖？」

「它們害怕這四個字背後的意義。你知道誰會寫出這本書、共有幾頁嗎？」

「幾頁？誰會寫？」

「再過不久，世界各地數百萬個父母將會親手寫下家族之書，寫滿書中的每一頁。到時會有不勝枚舉的家族之書，每本書都有寫給孩子從心而發的真理，沒有半點虛假。在家族之書面前，歷史的謊言必會不攻自破。

「你想像一下，弗拉狄米爾，某代祖先開始特別為你寫書，後由其他前人續寫，最後依序傳到你的祖父和父母。如果你現在拿到這本書，你會怎樣？

「現代人讀的書很多都有特定目的——扭曲歷史和生命的本質，透過精心設計的虛假教條讓人誤入歧途。這種目的很難立刻察覺，但只要後輩讀起父母特別為他傳承的前人家族之書，就能馬上看穿事實。」

「等等，阿納絲塔夏，不是所有人都會寫書。」

「只要感覺有必要，人人都會寫書——主要希望保護自己和孩子未來不受虛假教條的侵害。吠陀時期的每對父母都會為未來的孩子和後代子孫寫家族之書，這本書不是由文字組成，而是實際的行為。孩子可以把創造出來的空間當作書閱讀，理解父母的行為和想法，繼承幸福的空間而過得美滿。這本書只少了一樣東西——未警告孩子玄虛的世界。

「以前無所不知的吠陀智者無法體會這種世界。但是現在，全人類已身處這玄虛之中，一旦察覺玄虛教條對他們造成致命的影響，就能保護孩子不受傷害。

「即使春天尚未出現盛開的家園，但這個想法已經存於許多人的心中。為了孩子，他們必須把自己的想法寫進書中。」

「為什麼每個父母都要寫？妳看我已經寫過家園，梅德偉德克沃郊區也有建築師著手設計完整的聚落，況且網路上也有熱烈討論，難道這還不夠嗎？」

「不夠，弗拉狄米爾。你仔細觀察現況，除了你寫書之外，也有人寫書反對你。世界上有滿坑滿谷的書，人用一生也讀不完一半，而且人每天接收的訊息很多不是來自書中。雖然訊息五花八門，實際上卻只有一個目的：證明並歌頌故弄玄虛的虛假世界。什麼可以幫助剛出世的孩子判斷真假呢？家庭的聖物——家族之書。父母會為子女寫下：想要過得幸福快樂，必須創造什麼。家族之書再由子女續寫。對家庭而言，世界上沒有比家族之書更有智慧、更真實的書了。原始起源的所有知識都會傾注書中。」

「阿納絲塔夏，如果現在才開始寫，書中怎麼可能會有原始起源的知識？這些知識從何而來？妳也說過，我們前人的文化和書籍都被破壞了。」

「開始寫的人都有這些知識，每個人的身上都有。只要加以思考，開始為孩子寫書，不為別人，所有原始起源的知識都會在心中有意識地浮現。」

「妳是說，在寫之前得先思考，才有辦法從前幾頁就寫出至理名言？」

「前幾頁可以寫得很簡單。」

「像是什麼？」

「開始寫家族之書的人何時出生？叫什麼名字？為何及帶著什麼想法著手寫下如此重要的書？打算在未來創造什麼？」

「這種書如果是由知名藝術家、政府官員、學者、成功的企業家這類的人來寫，當然會很容易，但對一般人呢？比如說辛苦工作卻仍入不敷出的人，自己都吃不飽、穿不暖了，還能為孩子寫什麼、給什麼建議？」

「現代的統治者、享受眾人愛戴或賺大錢的人，才很難給未來的孩子什麼建議。他們的行為很快會被後人遺忘，但只要為未來帶來貢獻，就會受到後人重視。你或任何人難道經常想起過去的政府官員、知名藝術家或企業家嗎？」

「很少，但應該說，從沒有想過。我連他們的名字都不記得。相較之下，孩子常常驕傲地想起父母的一些行為。」

「這些人的孩子努力忘記父母，一提到他們就覺得丟臉。」

「為什麼丟臉？」

「因為命運給了父母這麼好的機會，他們卻不明白自己隨時都有機會創造未來。人在此生應該努力創造第二個生命，讓自己獲得重生、永遠地活著。

「每個人現在就能開始構思家園和愛的空間、制定計畫並試圖取得土地，種下一些幼苗或種子當作家族樹。他們也許此生來不及種出樹叢、綠色圍籬或美麗的花園，貧困的老人甚至連為房屋打地基都沒辦法，但可以為孩子和孫子寫起家族之書：**我雖然貧困，到了晚年才**

開始思考生命的意義，思考給了孩子什麼，但我規劃了家族的空間，並且為了你們——我的孩子——把它寫進書中。我盡我所能地在花園種下九棵果樹，並在未來應該長出樹叢的地方先種下一棵樹。

「多年後，孫子會讀到這本書而想起爺爺，走進祖傳家園的樹叢，來到這棵茁壯又高大的雪松或橡樹面前。

「他充滿愛與感激的想法會在空間中飛翔，與爺爺的想法結合，這時全新的存在層面就會為兩人而生。人類被賦予了永恆的生命。理解地球和宇宙星球沒有別的方法，只有靠每個人內心的轉變。

「家族之書能把佳音傳給後代，也會幫助最初寫書的祖先，讓他們的靈魂重獲肉身。」

「阿納絲塔夏，妳把這種書講得好有意義，我不禁也想為後代寫書。直覺告訴我，妳對這種書的想法有重大且不凡的意義。書的名字取得真好，《家書》、《家族之書》、《家族最神聖的書》，但要寫在哪裡呢？寫在一般的紙上很快就會解體、腐爛，用筆記本或相簿裝訂看起來又太粗糙，畢竟這種書是為後代而寫的。既然妳說那很重要，紙張和裝訂也要匹配才行。妳覺得要用什麼材料？」

「像那種。」她看向我桌上的某本書，我沿著她的視線看過去。一會兒後，我伸手拿起一個奇特的東西……

不久前，新西伯利亞一位名為謝爾蓋的男子把我的《阿納絲塔夏》寄給我。他把出版社的裝訂拆掉，內頁是用另一種……我原本想說「裝訂」，但內頁新的固定方式不能這樣描述。這位西伯利亞的大師把書變成一件奇特的藝術品。封面和書脊的材料來自珍貴的樹種——書邊以山毛櫸製成，中間則為雪松，所有細節都有精緻的雕刻，包括裝飾、文字和插畫，所以很難用「封面」這種一般的字眼形容，「書殼」似乎比較正確。書殼前後的一側與書脊相連，另一側有個小鎖扣住，每個細節都很牢固。關起書殼時，所有內頁整整齊齊地壓在書殼之間，所以濕度高低不會造成紙張變形，甚至風吹來也不會亂翻，不像我放在旁邊用來對照的書。很多人看到這件藝術品時，都會拿在手中，興奮地端詳好一陣子。

沿著阿納絲塔夏的視線，我伸手拿起這本有木製書殼的書，感受它的溫度。或許多虧了這件奇特的藝術品，我才明白阿納絲塔夏所說的家族之書有多重要。

她溫和地坐在旁邊的椅子上，雙手輕輕地放在膝蓋上。但我有一種感覺，覺得她比古代所有統治王朝的祭司更有智慧，比現在的分析專家聰明。透過智慧和純淨的思想，她能夠戰勝人類社會的所有亂象。她的這種能力從何而來？哪種學校、哪種撫養制度可以為人培養這種能力？

想出「家族之書」這種非比尋常又不可思議的方法真是不簡單！我情不自禁地馬上思考……你們自己也想想她想出的點子吧。

至今無人可以抵抗每分每秒朝各國人民而來的洗腦訊息，我們的孩子尤其深受其害。洗腦！電視反覆播放動作片，表面上是要娛樂大眾，但其實是展現人類如何透過暴力獲得安定。

洗腦！能當知名歌手真好，可以享受鎂光燈和掌聲、坐上高級轎車參加宴會。洗腦！除此之外，也要讓大家知道這些人其他的生活片段，那才是他們更常遇到的：沒日沒夜的辛苦工作、娛樂圈永無止境的勾心鬥角、嫉妒者接二連三的毀謗，更別說是打著「新聞自由」旗號、想靠名人賺錢的狗仔了。

還有一種可怕的洗腦——具侵略性又狡猾的廣告，推銷任何能讓你掏出錢包的東西。洗腦！新聞不停報導各種國際慈善團體和了不起的政治人物，讓人以為自己得以住得暖、吃得飽、過得舒適，都是多虧他們的成就。等到家裡的暖氣不暖時，大家已經不會去想如何改變生活、如何不再依賴中央提供的暖氣和水電，反而不理性地走在街上大喊「給我！」。暗示人類無能為力的洗腦！大人和小孩都被灌輸這種虛假的教條。

孩子！如果我們這些家長站在一旁袖手旁觀，還有什麼資格談論孩子的撫養？我們到陌生的醫療機構，讓素未謀面的醫生接生孩子，然後把孩子送到幼稚園和學校給陌生的老師教導，又放任眾多商店向孩子展示公開或隱晦的情色書刊。

我們允許陌生人向孩子推薦書籍和教材，允許陌生人為孩子製作電視節目。是誰？一手操控我們孩子的撫養，這究竟對誰有利？或許重點不在於我們放任誰去做，而是覺得自己無能為力而微不足道的感受吧？我們覺得自己無法阻止這種膽大妄為。但這不是事實！只要有心，只要想過，每位家長都能做到！家族之書！這點子太棒了！終結膽大妄為的商業洗腦。就讓對手稍微囂張一陣子，但不久後就會人手一本家族之書——一本由祖父母和父母親手寫下人類使命的書籍。現在身為家長的我們，必須思考人類的使命。非做不可！我們有經驗，看過、聽過且體會過很多事情，現在只需要稍微停下來，遠離排山倒海而來的洗腦，自己好好地用頭腦思考。每位家長都必須思考，獨立思考！一定要自己去想。不能從過去智者所寫的書中尋找生命的意義，這是沒有用的，無論這些書多麼受人推崇和歡迎。即使作者是享譽千年的智者，想從他們的著作找出答案，也是沒有意義的。

這些智者都是很棒的傳教士和彌賽亞，努力傳教並為後人留下著作。然而，我們已經看不到他們偉大的著作了，一本都沒有！都被精心的詭計摧毀。只要停下來好好思考，就很容易明白這點。

你們自己判斷，短短的句子只要改變一個逗點，句子會有什麼變化，例如這個常見的例子：「不要，刀下留人啊！」和「不要刀下留人啊！」。看看古代思想家的著作會有多少這樣的更動？抄寫員、翻譯、出版社和歷史學家都會在有意無意間動到內容。不只是標點符號的更動，還有人會刪掉一整章和一整頁、寫下自己的見解，最後害得我們住在虛假的世界。人類不停地發動戰爭，世人瘋狂地自相殘殺，不明白為何戰爭無法停止。但如果他們從未找出始作俑者，戰爭又怎麼會停止呢？之所以無法停戰，就是因為沒有獨立思考，而將洗腦的資訊當作真理。

是誰發動第二次世界大戰？誰打誰？誰獲勝？全世界都清楚知道：戰爭是由希特勒帶領的納粹德國發動，蘇聯則在史達林的領導下獲勝。這種似是而非的說法——其實算是胡說八道——被大多數人視為絕對而明確的史實。

只有少數的歷史學家偶爾提到希特勒的精神導師，例如：透過卡爾．豪斯霍弗爾行動的俄國喇嘛葛吉夫。希特勒還有一位精神導師名叫狄特里希．埃卡特。歷史學家還知道這些精神導師與層級更高的上級有來往，但從未有人提過他們是誰。研究人員只有提到，他們追溯到喜馬拉雅山脈和西藏，以及當時德國的祕密和公開玄虛學會。他們也確認希特勒參與其中。

德國組成「德意志騎士團」和「圖勒學會」，後者的標誌是納粹卐字加上花環和劍。顯然有人刻意在德國帶起前所未見的特殊意識形態，灌輸人民特定的世界觀，最終導致大規模的戰爭和屠殺，以及後來希特勒黨羽受審的紐倫堡審判。但出庭的人只是一般軍人，即使他們是軍事將領或元帥，包括希特勒本人在內，也只是軍人而已。對帶起意識形態的祭司而言，這些人都是手中的棋子。審判紀錄卻從未提過主要策劃和統籌的人。他是誰？誰是他的祕密親信和助手？知道他們是誰很重要嗎？重要！太重要了！畢竟戰爭就是他們挑起的。只要他們繼續躲在暗處，就會再度發動戰爭。隨著他們的經驗增長，未來的戰爭還會越來越大且高明。

第二世界大戰的背後主謀到底想要什麼？思考以下的事實或許有助於我們揭開謎底。

德國當時有個名為「德意志研究會」的組織，為了倡導納粹的意識形態而廣蒐全世界的古書。他們最先研究基督教時期前的古俄羅斯著作。這裡可以發現一個古怪的環節：先是喜馬拉雅山脈、西藏、喇嘛和祕密學會，最後從我們自然信仰的羅斯積極尋找前人的知識。我們俄國人將此視為敝屣，卻有人當作珍寶，為什麼？這些知識藏了什麼祕密？對他們而言，這些祕密顯然比西藏僧人知道的訊息誘人。但要怎麼接觸這些祕密，哪怕只是一個也好呢？一個也好！如果真的這麼重要，當部分或所有祕密揭曉時，現代人會看到什麼遺失的世界？可是我們要在哪裡、哪個千禧年找出答案？羅馬！古羅馬！那裡在四千年前曾經發生一個奇特的事情，比羅馬大軍的成就還不尋常。沒錯，實在不可思議！羅馬元老院是當時最高的階級，成員都有奴隸。他們卻突然把土地交給擅長且有意耕種作物的奴隸……把土地交給他們……讓他們終生使用並有權傳給後代。奴隸的家庭會拿到一筆錢蓋房子，且若將奴隸家庭轉給其他主人，必須連同土地一起轉讓。土地成了奴隸家庭不可分割的一部分。

但奴隸主人為什麼突然做出這種人道又無私的行為呢？這是出於高尚的善意，還是他們可以從中獲利呢？他們可以抽取百分之十的收成作物，這大概是從古至今最少的稅賦了。問題來了：為什麼羅馬的貴族會這麼做？畢竟主人可以逼迫奴隸在田裡揮汗工作，而自己隨心所欲地拿走想要的作物。但是他們沒有！為什麼？因為在自然信仰的羅馬，他們仍然保留吠陀的知識。貴族和元老會議員知道，奴隸被迫在他人土地上栽種，比起帶著愛照顧自己的土地，就算是同一種作物，也會有很大的差異。

他們當時仍然知道，土地生長的一切都有靈性能量。若要活得健康，必須食用好的果實。在遭到破壞的亞歷山大圖書館中，部分的古書也有提到這點。還有哪些知識、哪些智慧，隨著這些書被人埋沒了？阿納絲塔夏說過，人類可以重現自身從原始起源至今的知識和所有智慧，每個人都做得到。我想相信這個說法，卻無法完全信服。從何證明這是可行的？我們能在記憶中找到什麼，證明她所言不假嗎？

我們記得父母所說的一切、學校所教的一切，以及一生所讀的一切嗎？但在我們的記憶裡，找不到任何重要或關鍵的證據。我記得斐奧多力神父所說的一切嗎？但他的話不多，大部分的時間都在聆聽，也給了我幾本古書閱讀，但裡面還是沒有證據。怎麼辦？現代人怎麼可能在一夕之間揭開體內這些原始起源的知識呢？當然可以！每個人的記憶都有獨一無二的實例和證據！我自己就發現了一個。

善良又體貼的祖母

祖母！我的祖母是名女巫，不是童話故事那種，而是活生生的白女巫。長輩應該還會記得她不可思議的奇蹟。她住在烏克蘭切爾尼戈夫州戈羅德尼亞區的庫茲尼奇村，名叫葉夫羅辛娜，姓為薇爾胡莎。我小時候曾親眼見證她施展的奇蹟。

我那時候還不太明白，但現在一切都明瞭了。天啊！那種難以置信的神祕現象竟是如此簡單！我相信現在大部分的人，尤其是治療師，都能輕鬆地達到同樣的效果。以下就講得詳細一點。

我小時候都在烏克蘭的鄉下長大，住在一棟白色的茅草小屋，喜歡看著祖母在火爐旁忙來忙去的樣子。有一次，我和某個同學吵架時，對方笑我：「你奶奶是女巫！」其他人立刻替我的祖母說話：「我媽咪說她是好人。」

我不只一次看過祖母替人治病。我不覺得那有什麼特別，當時很多村莊都有治療師。有些人特別會治某種病，有些人擅長處理其他病，沒有人被稱為女巫。但祖母的能力超過一般的治療師。祖母雖然沒有受過多少教育，但輕輕鬆鬆地治好了很多動物。她的方法乍看不可思議：她會帶著生病的動物消失一整天，回來時，動物就會完全康復。如果尚未復原，她會告訴主人如何持續治療。

我聽到同學用「女巫」這個字眼汙辱祖母時，雖然小孩通常都怕女巫，我對善良的她卻完全沒有不好的想法。她——應該說是她的行為——反而讓我好奇。

有一次，集體農場主席的馬被人牽去找祖母。那是一匹純種的馬，不久前才買來給主席執行公務時騎乘。主席騎馬經過時，我們當地的小孩都會欣賞那匹馬。牠總是昂首闊步，比村裡的其他馬兒跑得還快、還美。但牠這次被牽來找祖母時，沒有拉馬車，也沒有戴馬鞍。牠只有套上馬勒，一副無精打采的樣子，走路非常緩慢。我覺得很不可思議，主席的馬出現在我家庭院！我開始好奇地觀察接下來發生的事。

祖母走到馬前，摸起馬嘴兩側，然後摸到耳朵周圍，溫柔且輕聲地對牠耳語。她接著替馬卸下馬勒（拿掉嘴裡的金屬馬銜），從屋裡搬出一張長椅放在庭院。她在長椅上放了幾把草，把馬牽到長椅旁，開始依序餵牠吃不同的乾草。馬對某些乾草沒有興趣而轉頭，對某些乾草則先聞了一下，然後品嚐一口。祖母把馬會吃的乾草丟進裝了水放在木炭上的鐵鍋，最後也把頭上的帽子泡在水裡。

我聽到她跟把馬兒牽來的人說：「後天早上再來。」他們走後，我知道祖母又要帶馬一起消失到某處，所以我開始求她帶我去。一向有求必應的祖母這次也沒拒絕我，但她規定我那天要比平常早睡。我也照做了。

祖母在黎明時把我叫醒。馬站在屋前，身上披著一張不大的麻布。我用鍋裡的液體洗臉後，祖母給我一個裝著食物的小包袱，然後牽起一條綁在馬勒的繩子。我們走在菜圃間的小路，往盡頭的樹林走去。我們沿著樹林邊緣走得很慢。要說得更仔細的話，是祖母走在馬旁，只要馬低頭要吃某種草，我們都會停下來。祖母把韁繩握得很鬆，馬看到草裡有東西而忽然轉頭時，韁繩還會從她手中脫落。

祖母偶爾會把馬牽在身後，但到了新的地方又會讓牠自由活動。我們一直在樹林邊緣走動，偶爾才會稍微進到裡面。中午過後，我們走到田間泥濘，坐在第一批割下來的乾草堆旁休息、吃點東西。用完麵包和牛奶後，我因為走了很久而突然想睡。這時祖母從包袱拿出一張小羊皮襖，鋪在乾草堆旁對我說：「寶貝孫子啊，躺下來休息一會兒吧，我怕你累壞了。」

我躺下後開始抵擋睡意，深怕祖母會在我睡著後，神祕兮兮地牽馬離開，但我還是忍不住睡著了。

醒來時，我看到祖母在拔馬嘴周圍的草，放進自己的包袱。不久後，我們準備回家，但走的是不同的路。天色開始變暗，我又突然想睡了，祖母再讓我躺在小羊皮襖上睡覺。祖母叫醒我時，天色依然昏暗，我們繼續上路回家。我時不時聽到祖母對馬說話。我忘了她說了什麼，但清楚記得她的語氣——平靜、溫柔又開心。一回到家，祖母立刻把鐵鍋的液體倒進裝水的水桶給馬兒喝。

後來，我看到她把一路撿來的幾把草交給來牽馬的人，還向他們解釋了一下。稍微恢復活力的馬重新套上馬勒、綁著韁繩，似乎不願離開我們的庭院，頻頻回頭看著祖母。

後來的那幾天，我很氣祖母沒讓我看她如何如女巫般消失，只是一直餵馬、拔草和綁草。

照理說，我應該很快就會忘記那次的遛馬和她施展的魔法，但我去找了那個說我祖母是女巫的同學，跟他說祖母根本沒去哪裡，只是一直在餵生病的動物。年紀稍長的他卻說了一個有力的論點，我和村裡挺我的小孩都無法反駁：「那為什麼主席每次騎馬經過你家庭院的時候，馬都不會跑，變成慢慢經過，連馬鞭都不理？」

我不記得祖母當時怎麼跟我解釋的，我到現在才明白怎麼回事。我深信現在大多數善良又貼心照顧大自然和動物的人，都可以像她一樣治好動物。

我現在明白了，她讓生病的馬品嚐不同的草，只是要判斷牠需要哪種草，同時決定要走哪一條有這些草但她當時又缺少的路。

她之所以必須走一整天，是因為每種植物都有比較有益的食用時機。她沒有緊握韁繩，是為了讓馬決定需要哪些草、要吃多少。動物用一種無法解釋的方法感覺需求。由於鐵鍋的液體是由馬自己選的草熬成，祖母用它洗漱並把帽子浸到裡面，大概是為了讓動物更親近她。一切就是這麼簡單，真不知道教育程度不高的祖母從何得知這個方法。看看我們把這麼簡單的事情想得如此複雜！大規模的動物傳染病現在肆虐歐洲各地，而科學家除了撲殺上萬隻病畜外別無他法，會不會就是因為我們想得太複雜了？

我只舉了一個例子，證明我們現代醫學的成就不過只是幻覺，但其實還能舉出很多類似的例子，說明現代社會的成就華而不實。不過如果可以一針見血，何必道出這麼多細節呢？

活在美好的現實

我們現在到底活在哪種社會？追求什麼？想要打造什麼樣的未來？絕大多數的人都會毫不猶豫地回答：「我們住在一個民主的國家，希望能像先進的西方文明國家一樣，建立一個自由民主的社會。」

大部分的政治人物和競選團隊都會這樣回答。

電視和報紙都這樣說。

我國大部分的民眾都這樣想。

這個多數人的意見正好印證了阿納絲塔夏的看法：在現代文明中，有些人正在沉睡，有些人受到程式般設定，淪為幾位祭司手中的生物機器人。那些祭司認為自己是全世界的統治者。

如果可以稍微脫離每天熱衷卻單調的瑣事，趁機獨立思考，就能明白以下真相。

民主啊！民主到底是什麼？這個字有什麼涵義？大多數的人回答時，都會參考常用的《大百科全書》或《俄語釋義辭典》。兩本的解釋簡短且大同小異：

「民主」是指一種國家的政治社會體制，奠基於將人民視為權力來源。民主的基本原則包括多數權力、人人平等……

在先進的民主國家中，人民以多數決選出國會議員和總統。

選舉？胡說八道！全是幻覺！根本沒有選舉可言！人民從來沒有權力，就算公認最民主、最文明的國家也是一樣。

還說什麼選舉？全是幻覺！回想一下，在任何所謂的民主國家中，每次選前都是什麼情形？競選團隊為了候選人勾心鬥角，灑下大筆的資金並運用高明的心理策略，透過媒體、電視和文宣影響民意。

國家開發程度越高，洗腦的技倆越高明。

眾所皆知，最能影響民意及洗腦選民的競選團隊總是獲勝。選民受到洗腦而走去投票，以為自己是依照意志投票，但實際上是執行別人的意志。

所以說，現代的民主「其實是大眾的幻覺，誤信虛假的社會秩序、虛假的幻想世界」。

真相在於，大自然中沒有服從多數這種事情。所有動植物和昆蟲都是遵從本能、星球運行、大自然建立的秩序，或者群體的領頭者。而人類社會一直被少數控制。多數人不是革命和戰爭的主動發起者，而是受到少數人刻意洗腦後加入。向來都是如此。

民主是最危險的幻覺，很多人都已身陷其中。民主世界之所以危險，是因為民主國家相當容易淪為一人或少數人專政。只要砸下重本、聘請優秀的競選團隊和心理專家，就能做到這點。

身為現代家長的我們，受到這些幻覺的影響，卻仍試圖撫養孩子。但實際上，我們是把他們的意識帶到（或者說推入）虛假的世界……我們其實是把他們交給……不是神，而是對立的一方。

神的世界不是幻覺，而是真實又美麗的世界，擁有無法超越的芬芳、顏色、形狀和聲音。這個世界的大門永遠敞開，只要我們擺脫阻礙意識的幻覺，隨時都能進去。

我也要為後代和自己寫出一本家族之書，而且一定要寫下這段文字：

我——弗拉狄米爾・米格烈——活在一個人類不在真實世界的時代。人的肉體享受真實世界的恩賜，意識卻在虛假的世界中遊蕩。對人類而言，現在是個生活艱困的時代。我現在要試著將自己的意識帶回神聖的真實世界，這種神聖的自然世界已經因為人類的意識而受盡折磨。我領悟了這個事實，決定試著導正現況。我會盡我所能，就算只能想出部分的家園計畫，我也要全力以赴。重要的是，除了我有所領悟，我的孩子也要理解。

阿納絲塔夏依舊安靜地坐在旁邊聽我的推論。我說完後，她起身走到窗前：

「天空開始有星星閃爍，我得離開了，弗拉狄米爾。你很多地方都對了，但別讓你對現實的新看法使你想要控制他人。必須抵抗這種誘惑，也不要加入任何組織。別人也能看見現實，一旦他們團結起來，就能在地球上做出有意義的事。你會瞭解自己的人生使命的。」

「我不打算參加任何組織或控制任何人，阿納絲塔夏，但妳說我的使命是什麼？」

「總有一天，你會自己感覺到的。現在先躺到床上睡覺，好好休息吧。你太興奮了，未經訓練的心可能無法承受這種興奮。」

「好，我知道了。但如果我睡著，妳就會離開。妳每次都這樣。我有時真的很不希望妳離開，希望妳一直在我左右。」

「只要你想起我，我隨時都在你身邊。你很快就會感覺並明白這點的。先去洗澡睡覺吧。」

「我睡不著，我最近總是睡不好，一直在想事情。」

「我幫你吧，弗拉狄米爾。你要我唸幾首讀者寄給你的詩、唱搖籃曲給你聽嗎？」

「好，試試看吧，說不定這樣就能睡著。」

我洗完澡後，躺在已經鋪好的床上。阿納絲塔夏坐在床邊，把手放在我的額頭上，接著摸著我的頭髮，輕輕地唱起烏克蘭一位女讀者所寫的歌。阿納絲塔夏唱得非常清柔，但感覺很多人和星星都能聽見她在唱歌，聆聽清脆動聽的歌聲和歌詞：

這是我的手，
新的一天終會到來，
那是明天，但是現在，
躺下休息吧。

時間過了一刻又一刻，
你將睡得安詳；

摸著你的頭髮，
不再讓你悲傷。

替你蓋上藍天，
那兒繁星交織。
我會一直陪你，
絕不讓你寒冷——

只要你想起我。

我會走出黑夜，
走過好幾世紀。
我已學會療傷，
用雙手治癒你——

只要你相信我。

石頭從天而降，
從你身旁擦過。
我能提早知道，
你會在哪失足。

走到皇宮，走到教堂，
英雄，這是你走的路。
面對無數貌美的女士，
我將會親自擋住她們。

而我自己也會
住在黑白世界，

所以不再需要
任何一刀一箭——

只要你，只要你，
只要你能愛我。

放走忠貞的花雀，
讓牠能與鶴同飛。
我愛得如是輕柔，
只為使你入夢鄉。

在我安穩熟睡的前一刻，我想到：「明天當然會是新的一天，而且一定更好。我要為新的一天描寫晨曦。很多人會開始寫家族之書，描述嶄新的美麗晨曦如何照亮世人。這將傳承數千年，成為後代最重要的史書，其中一本會是我的。我明天要開始寫新書，不會再寫得雜亂無章了。新書要描述全新的歷史轉捩點，描述世人如何走進美麗神聖的現實。」

親愛的讀者，期待與您在全新的美好現實中相遇！

弗拉狄米爾・米格烈

未完待續……

弗拉狄米爾・米格烈致各位讀者

目前網路上有許多網頁內容，主要在宣揚與《鳴響雪松》系列主角阿納絲塔夏類似的思想。其中不少網站冒用我的姓名「弗拉狄米爾・米格烈」（Vladimir Megre），聲稱自己是官方網站，並以我的名義回覆讀者來信。

就此我認為有必要告知各位敬愛的讀者，我決定自己設立國際官方網站 www.vmegre.com。這是唯一的官方窗口，負責接收來自世界各地、不同語言地區的讀者來信。只要您訂閱此網站內容，並註冊為會員，就能收到日後舉行讀者見面會的日期與地點，以及其他相關訊息。

我們網站將為各位敬愛的讀者統一發佈《鳴響雪松》在世界各地的最新消息。

弗拉狄米爾・米格烈敬上

鳴響雪松 *6*　Родовая книга

家族之書

作者　弗拉狄米爾・米格烈（Vladimir Megre©）
譯者　王上豪
編輯　郭紋汎
封面設計　斐類設計
校對　郭紋汎、戴綺薇
排版　李秀菊

出版發行　拾光雪松出版有限公司
網址　www.CedarRay.com
書籍訂購請洽　office@cedarray.com

總經銷　紅螞蟻圖書有限公司
地址　台北市114內湖區舊宗路2段121巷19號
電話　02-27953656

初版一刷　2018年1月
初版二刷　2022年3月
定價　350元

原著書名　Родовая Книга
弗拉狄米爾・米格烈
2002年於俄羅斯初版
網址　www.vmegre.com
郵政信箱　630121俄羅斯新西伯利亞郵政信箱44
電話　+7 (913) 383 0575 (WhatsApp, Viber)
電子郵件　ringingcedars@megre.ru
生態導覽與產品　www.megrellc.com

國家圖書館出版品預行編目資料

家族之書／弗拉狄米爾・米格烈（Vladimir Megre）著；
王上豪譯. -- 初版 -- [高雄市]：拾光雪松，2018.1
面；12.8×19公分. --（鳴響雪松；6）
ISBN 978-986-90847-6-5（平裝）

880.6　106023804